LETY ALZA SU VOZ

Otros libros de Angela Cervantes:

Gaby, perdida y encontrada
Allie, ganadora por fin
Frida, el misterio del anillo del pavo real y yo

LETY ALZA SU VOZ

ANGELA CERVANTES

SCHOLASTIC INC.

Translated by Abel Berriz

Copyright © 2019 by Angela Cervantes
Translation copyright © 2019 by Scholastic Inc.

ISBN 978-1-338-35916-9

10 9 8 7 6 5 4 3 2 1   19 20 21 22 23

Printed in the US   40
First Spanish printing 2019

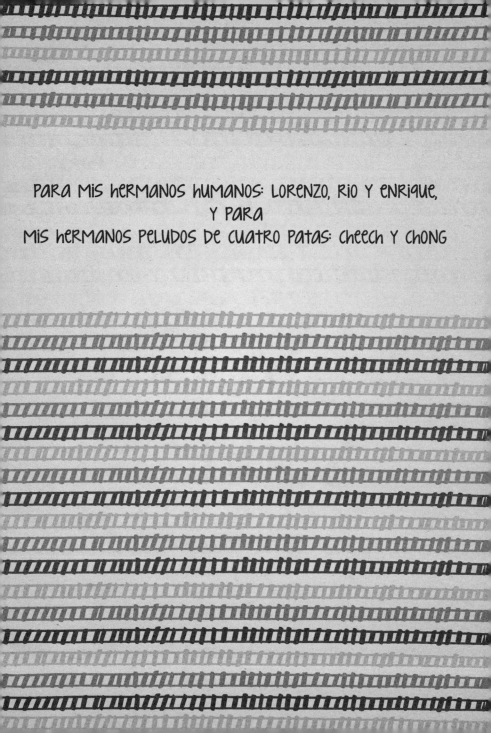

PARA MIS HERMANOS HUMANOS: LORENZO, RÍO Y ENRIQUE,
Y PARA
MIS HERMANOS PELUDOS DE CUATRO PATAS: CHEECH Y CHONG

CAPÍTULO 1

Campamento de verano Amiguitos Peludos

Si Lety Muñoz pudiera adoptar cualquier mascota del mundo, adoptaría a Pinchos, el dulce terrier blanco y negro que ahora mismo estaba sentado frente a ella en el jardín del refugio de animales Amiguitos Peludos. Lety y un grupo de chicos vestidos con *shorts* y camisetas aguamarina estaban sentados en silencio mientras el dueño del refugio, el Dr. Villalobos, les contaba historias sobre los perros y gatos del refugio. A Lety le encantaba cómo el Dr. Villalobos alzaba la voz con emoción y luego la bajaba cuando la historia se ponía seria. El veterinario tenía tatuajes coloridos en ambos brazos y llevaba su oscuro pelo largo recogido en una trenza que serpenteaba por su espalda. No se parecía a ningún otro veterinario que hubiera visto antes; sin embargo, su atención no estaba fija en él sino en Pinchos. El perrito llevaba un pañuelo azul en el cuello y mordisqueaba un trozo de soga.

—Nuestro refugio está lleno de perros y gatos que fueron traídos por sus familias —dijo el Dr. Villalobos—. Otros fueron recogidos de la calle por nuestro equipo de rescate. Pinchos, este pilluelo que ven aquí, fue traído al refugio la primera vez por la patrulla de carretera. Estaba persiguiendo autos, ¿pueden creerlo?

Los chicos soltaron risitas, pero Lety se quedó pensando en las palabras del Dr. Villalobos: "traído al refugio la primera vez". Quiso levantar la mano para preguntar qué había querido decir. ¿Acaso hubo una segunda y una tercera vez? Por suerte, él dio la explicación.

—Pinchos no tiene un buen récord con familias permanentes —dijo—. Ya sabe dar la pata y darse la vuelta, y gracias a uno de nuestros voluntarios finalmente ha aprendido a sentarse y a quedarse quieto, pero cada vez que lo adoptan vuelven a traerlo al refugio al cabo de un tiempo. Todo el mundo dice que es muy intranquilo.

Pinchos soltó un ladrido juguetón, como diciendo: "¡Así es!".

Lety negó con la cabeza, incrédula. ¿Muy intranquilo? Acababa de conocer a Pinchos pero, para ella, parecía la mascota perfecta. Era muy lindo, con su pelaje blanco y negro brillante, colmillos perlados y tiernos ojos castaños. Además, era listo y ladraba cada vez que el Dr. Villalobos mencionaba su nombre. ¿Cómo alguien podía abandonarlo?

—La buena noticia es que hoy Pinchos comenzará a vivir con una familia de acogida —dijo el veterinario.

Uno de los chicos comenzó a aplaudir y los demás se le unieron... pero Lety titubeó. En el poco tiempo que llevaba en el refugio ya se había encariñado con Pinchos y lo quería para ella. No aplaudiría porque el perro se marchaba. Le dio un codazo a su mejor amiga, Kennedy McHugh, que estaba a su lado.

—¿Qué es una familia de acogida? —susurró—. ¿Aún se puede adoptar a Pinchos?

—Déjame preguntar —dijo Kennedy, levantando la mano.

Lety sonrió, aliviada. Su amiga siempre estaba dispuesta a hablar por ella cuando no estaba segura de cuál era la pregunta adecuada o cuando no quería parecer una tonta frente a otros chicos.

El Dr. Villalobos le cedió la palabra.

—¿Todavía se puede adoptar a Pinchos? —preguntó Kennedy.

—Sí —respondió el doctor—, pero no por el momento. A Pinchos le vendrá muy bien pasar un tiempo con una familia de acogida. Desde que apareció en las noticias el fin de semana pasado, se ha vuelto muy popular, y ahora todos quieren adoptarlo. ¿Alguien sabe qué hizo?

—Creo que lo vi en las noticias —gritó uno de los chicos.

Lety no había visto nada. En su casa, sus padres solo veían un canal en español que reportaba todo lo que sucedía en México y América Central, pero nada sobre Kansas City.

—Si lo viste en la televisión entonces sabrás que Pinchos es ahora una estrella —continuó el Dr. Villalobos.

Lety se inclinó hacia delante mientras el doctor explicaba cómo el viernes anterior uno de los voluntarios del refugio había sacado a Pinchos a pasear, para acostumbrarlo a caminar con la correa.

—Pasear tranquilamente con la correa es un gran logro para él —dijo el Dr. Villalobos—. Pinchos tiene solo dos velocidades: correcaminos y cohete supersónico.

Todos rieron excepto Lety. Otra vez le dio un codazo a Kennedy.

—¿Qué es un cohete supersónico?

—Una especie de nave espacial —respondió Kennedy.

"Cohete supersónico", repitió Lety para sí, y se imaginó a Pinchos en un traje espacial saliendo disparado al cielo, más allá de las nubes, meneando la cola al atravesar el espacio y pasar por al lado del sol. Se rio.

—Pinchos paseaba sujetado por la correa cuando, de repente, se le escapó al voluntario —dijo el Dr. Villalobos—. Salió disparado, con la correa colgando como si fuera una cola extra, en dirección a un auto en un estacionamiento. Cuando el voluntario llegó hasta él, lo encontró arañando el auto y gimiendo. Pinchos puede ser intranquilo, pero este comportamiento era muy extraño, así que el voluntario miró dentro del auto y rápidamente vio por qué Pinchos estaba alterado.

El Dr. Villalobos hizo una pausa. Todos los chicos estaban atentos. Lety se mordió el labio inferior, preguntándose qué había dentro del auto: ¿acaso una montaña de galletitas recién horneadas? ¿Un hermano perdido que Pinchos reconoció por el olor?

—En el asiento trasero del auto, que tenía todas las ventanas cerradas, había una bebé llorando. Esto fue el viernes por la tarde. ¿Recuerdan cuánto calor hizo el viernes pasado?

Lety resopló. Desde que la escuela había acabado, dos semanas atrás, ella y Kennedy pasaban casi todos los días en la piscina del barrio de Kennedy. El viernes anterior había hecho tanto calor que su paleta se había derretido y había formado un charco rosado en el suelo antes que ella pudiera probarla. Luego, mientras nadaban en la piscina, el locutor de la radio advirtió que estaban en "alerta de ozono naranja" y que debían beber mucha agua.

—Me gustaría dejar a los padres de esa bebé en un

auto caluroso —refunfuñó Hunter Farmer bajo su gorra de béisbol.

Lety conocía a Hunter de la escuela. Él también había terminado el quinto grado en la Escuela Primaria El Camino el curso anterior, pero estaba en la clase de la Sra. Morgan y no en la de la Sra. Camacho, donde estudiaban los chicos que, como ella, estaban aprendiendo inglés y formaban parte del programa English Language Learners, o ELL. La Sra. Camacho llamaba a sus estudiantes ELLs, pero Lety no quería ser una ELL. Eso le recordaba la palabra "*eel*" en inglés, que en español quiere decir "anguila", y ella no quería ser una criatura marina resbalosa. Ella quería ser una estudiante normal que pudiera decir cosas en inglés como "*my bad*" y "*cool*" y tener un perro muy listo como Pinchos.

—¿Y la bebé estaba bien? —preguntó Kennedy.

—El voluntario llamó a emergencias y rescataron a la niña —dijo el Dr. Villalobos—. Ahora todos quieren adoptar al héroe que salvó a la bebé —añadió, se inclinó hacia delante y le dio un gran beso a Pinchos en la cabeza.

El terrier se dio la vuelta y le pasó la lengua por la cara al doctor, que se limpió con la manga de su camiseta de *La guerra de las galaxias*.

"¡Qué perro!", pensó Lety.

—Pinchos irá al hogar de un amigo cercano —continuó diciendo el veterinario—. Allí podrá corretear, perseguir ardillas, gruñirle a su propia sombra y hacer todas las locuras que quiera. Y, ¿cuál es la moraleja de esta historia? ¿Quién se atreve a decir lo que aprendieron de este increíble perro?

Todos levantaron la mano, menos Lety. Tenía que encontrar las palabras exactas en su mente. Mientras el Dr. Villalobos iba señalando a los chicos para que contestaran, Lety rezaba por que nadie diera su respuesta antes de que ella pudiera organizar las palabras.

—No olvides a tu bebé en el auto —dijo Brisa Quispe, chasqueando los dedos, lo que hizo a los otros chicos reír y ponerse a chasquear los dedos también.

Lety miró a Brisa y le alzó el pulgar en señal de que le había gustado su respuesta. Brisa le respondió con una reverencia que le dio mucha gracia a su amiga.

Aparte de Kennedy, Brisa era otra de las mejores amigas de Lety. Lo había sido desde que se conocieron en cuarto grado, cuando Brisa llegó de La Paz, Bolivia. A Lety, que había llegado de México a Estados Unidos un año antes, la sentaron junto a Brisa para que fuera su compañera de pupitre y la ayudara con las tareas y le explicara cómo funcionaban las cosas en el salón. Juntas, habían deletreado palabras en inglés y se habían enfrentado a verbos y contracciones. En poco tiempo, llegaron a ser más que simples compañeras de pupitre; eran compañeras de comedor, de recreo, de fiestas de pijamas y de piscina.

—Buena respuesta —dijo el Dr. Villalobos—. ¿Alguien quiere añadir algo más?

—Escucha a tu perro —dijo Kennedy.

—Bien. ¿Otro?

—Las personas son tontas y los perros son inteligentes —dijo Hunter.

—Tampoco así —dijo el Dr. Villalobos, y le guiñó un ojo al chico—. Pero, en este caso, tienes razón. ¿Alguien más?

Lety levantó la mano y el Dr. Villalobos le dio la palabra.

—A veces, las personas o mascotas menos queridas pueden convertirse en héroes si les dan la oportunidad —dijo ella.

El Dr. Villalobos asintió y aplaudió.

—La mejor respuesta del día —dijo, y sonrió—. ¡Sencillamente brillante!

Lety intentó contener su alegría, pero eso era como impedir que Pinchos fuera un cohete supersónico. Dejó que una gran sonrisa apareciera en su rostro, orgullosa de haberse tomado el tiempo de encontrar las palabras correctas. Era algo en lo que había estado trabajando durante el último año, con la ayuda de la Sra. Camacho. Y, como si hubiera comprendido también cuán importante era para ella hablar, Pinchos dejó caer la soga que había estado mordisqueando, corrió hasta ella y le pasó la lengua por la mejilla. Lety enterró la cara en el pelaje del perrito y le dio un abrazo. Kennedy y Brisa se acercaron también para darle a Pinchos unos golpecitos cariñosos en la cabeza. Pero, por encima de los arrullos y las palabras cariñosas de Kennedy y Brisa, Lety escuchó el comentario de Hunter.

—Más bien, la respuesta más tonta del día —dijo el chico.

CAPÍTULO 2

Lo siento, pero no lo siento

A Lety le seguían dando vueltas en la cabeza las palabras de Hunter mientras ella y el resto de los campistas acompañaban a Alma Gómez, una voluntaria del refugio, en un recorrido por las instalaciones. La chica no sabía qué había hecho para que Hunter fuera tan grosero.

Alma los llevó a una enorme habitación llena de bolsas de comida para mascotas, y Lety miró a Hunter de reojo. El chico se había quedado rezagado y era el último del grupo. Tenía las manos metidas en los bolsillos de sus *jeans*, e hizo una mueca en cuanto sintió el penetrante olor a carne y pescado de la habitación. Algunos de los chicos se taparon la nariz, pero a Lety el olor no le pareció tan terrible. Había sentido olores peores cuando vivía en Tlaquepaque, México. En su calle, las alcantarillas se tupían cada vez que llovía fuerte, y el aire se llenaba de un olor que era una mezcla de carne podrida y harapos sucios mojados.

"¡Esto no es nada!", pensó.

Como si le hubiera leído el pensamiento a Lety, Alma se percató de la reacción de los campistas y puso los ojos en blanco.

—Olvídense del olor. Concéntrense en el sentimiento —dijo.

—¡Concéntrense en el sentimiento! —tarareó Brisa—. Me gusta esto, chica, ¿a ti no?

Lety asintió. Le caía bien Alma. La chica había terminado el sexto grado en St. Ann. Tenía el pelo largo y oscuro, y lo llevaba recogido con una cinta morada del mismo color de su camiseta de voluntaria. Alma les contó que había comenzado a trabajar en el refugio Amiguitos Peludos junto a su clase de sexto grado, y que le había gustado tanto el trabajo de voluntaria que quiso continuar en el verano.

Por ese motivo, Alma conocía a todo el personal y a todos los animales del refugio. A Lety le gustaba el modo en que hablaba de las mascotas como si fueran su familia, y como, cada vez que se tropezaban con algún trabajador del refugio, la llamaban por su nombre y le sonreían.

—Vamos a detenernos aquí —dijo Alma—. Voy a presentarles al encargado del almacén y a otro voluntario.

Alma saludó con la mano a dos hombres que cargaban grandes bolsas de comida para perros. Los hombres sonrieron y dejaron las bolsas en el suelo. Al acercarse, saludaron a Alma chocando los puños.

—Estos serán nuestros héroes del verano durante las próximas cuatro semanas —les explicó Alma a los hombres—. Vienen de cuatro escuelas diferentes, incluyendo la mía, St. Ann.

Alma le pasó el brazo por encima a una chica llamada Lily, a quien Lety había conocido esa misma mañana. Lily saludó a los hombres haciendo el signo de la paz.

—Vendrán cuatro días a la semana por dos horas cada día y aprenderán sobre los animales, harán artesanías y nos ayudarán con algunos proyectos especiales del Dr. Villalobos.

—¿Proyectos especiales? —preguntó uno de los hombres, arqueando las cejas—. ¿Eso incluye ayudar en el almacén? Nos vendría bien que nos echaran una mano con las bolsas de comida.

—Puede que haya algunos muy valientes que soporten el aroma encantador de la comida para mascotas —dijo Alma—. ¡Ya se los enviaré!

La última parada del recorrido era en la Zona de Ladridos, donde, según Alma, se encontraban los perros más grandes. Los chicos aplaudieron y aullaron emocionados al ver a los perros. Sin embargo, Lety notó que Hunter seguía con cara de pocos amigos.

—¿Por qué esa cara? ¿No le gustan los perros? —les susurró a Brisa y a Kennedy, señalando a Hunter.

—Creo que esa es la única que tiene —dijo Kennedy—. Siempre luce así.

—Parece una llama a punto de escupir —dijo Brisa—. Tengan cuidado.

Kennedy se dobló de la risa, como si eso fuera lo más cómico que hubiera escuchado jamás, pero Lety no podía dejar de pensar en qué habría hecho ella para merecer aquel comentario tan desagradable. En todo el tiempo que llevaba asistiendo a la Escuela Primaria El Camino, jamás había cruzado palabra con él. No tenían los mismos amigos. Los de ella eran básicamente otros chicos que también necesitaban aprender inglés, como Aziza, de Uzbekistán; Gazi, de Albania; Myra, de Puerto Rico; Santiago, de El Salvador; y Brisa, de Bolivia. Casi nunca se mezclaban con los demás chicos, y esto le molestaba. No importaba cuánto mejoraran en inglés, seguían tratándolos como si fueran de otro planeta. Nunca los invitaban a fiestas de cumpleaños ni a sentarse juntos en el comedor. Cuando hacían deporte, a los estudiantes del programa ELL los seleccionaban de último... a menos que se tratara de fútbol, que en Estados Unidos llaman *soccer*. En ese caso, casi siempre seleccionaban a Santiago, a Brisa y a Gazi entre los primeros cinco estudiantes.

Fue por eso que un día, cuando la presidenta del Club de Baile Irlandés, Kennedy McHugh, detuvo a Lety en el pasillo y le preguntó, en una mezcla de inglés y español, acerca de los cascarones, ella se quedó estupefacta, sin saber qué responder.

—¿Sabes hacer cascarones? —repitió Kennedy, en inglés y español.

Lety la miró como si no la viera, y Kennedy pensó que había pronunciado mal la palabra en español.

—Espera. Dame un segundo... Está en este libro —dijo Kennedy, abriendo un libro y pasando las páginas—. La chica en este libro hace cascarones para Pascua. Parece divertido. Se los revientan a la gente en la cabeza —añadió, riendo, y se detuvo en una página—. Mira aquí, ¿ves? —dijo, señalando la palabra "cascarones" escrita en cursiva.

—Sé cómo hacerlos —dijo Lety.

—¿Puedes enseñarme? Quiero reventárselos a la gente en la cabeza.

—¿A quién?

—A los chicos, principalmente. En especial a mis hermanos mayores.

A partir de ese momento, Kennedy y Lety se hicieron

muy buenas amigas. Fue Kennedy quien convenció a Lety y a Brisa de que se apuntaran en el campamento de verano del refugio de animales. Solo aceptaban a estudiantes que hubieran terminado el quinto grado. Ese verano sería su única oportunidad. Desde que Lety llegó a Estados Unidos, pasaba los veranos en la escuela para mejorar su inglés, pero Kennedy le había rogado que este año hiciera algo diferente. Lety, que estaba ansiosa por dejar de ser una estudiante de ELL, saltó enseguida. Brisa no estaba muy segura de que pasear perros y alimentar gatitos mejoraría su inglés, pero quería ir a donde fuera su amiga, así que se había apuntado también.

Dentro de la Zona de Ladridos, Alma llevó a los chicos hasta un rincón con jaulas llenas de pastores alemanes, labradores, *pitbulls* americanos y sabuesos, y otras razas que Lety no reconoció. Alma se detuvo frente a una en la que descansaba un labrador blanco y negro, llamado Finn. Cuando los chicos estuvieron todos frente a la jaula, Finn saltó de su cama y comenzó a ladrar.

—¿Alguien lleva puesta una gorra? —preguntó Alma.

Todos se miraron, confundidos. ¿Qué tenía de malo usar gorra? Lety señaló a Hunter.

—Eh, tú, el de la gorra. Acércate —dijo Alma.

Hunter avanzó hasta ella.

—¿Cómo te llamas? —le preguntó Alma.

—Hunter Farmer.

Se escucharon algunas risitas.

Alma arqueó las cejas, sorprendida.

—¿Qué? ¿Eres cazador o agricultor? —dijo, porque en inglés "hunter" significa "cazador" y "farmer", "agricultor".

Algunos chicos soltaron una carcajada. Hunter se encogió, incómodo. Lety no pudo aguantar la risa, y Hunter la miró de reojo. Brisa le dio un codazo a su amiga.

—Cuidado, la llama va a escupir —susurró.

—Nada de eso —contestó Hunter, encogiéndose de hombros.

Alma le hizo un guiño.

—Me gustaría saber tu segundo nombre —dijo.

—Aaron.

—Está bien, Hunter Aaron Farmer —dijo Alma con una sonrisita—. ¿Quieres que Finn deje de ladrar?

—Supongo —respondió Hunter, y volvió a encogerse de hombros.

—Entonces, hazme el favor de quitarte la gorra —dijo Alma.

Hunter se echó hacia atrás, desconfiado.

—Confía en mí. Verás lo que sucede —le aseguró Alma.

Hunter se quitó la gorra, e inmediatamente Finn dejó de ladrar y regresó a su cama. Todos exclamaron, sorprendidos. El chico miró a Alma.

—Ahora, póntela otra vez —le dijo ella.

Hunter hizo lo que le pedían y, en el acto, Finn pegó un brinco y comenzó a ladrar de nuevo.

—¡Realmente odia las gorras! —exclamó Brisa.

Los chicos rieron y le gritaron a Hunter que volviera a quitársela. Este obedeció, y se quedó con la gorra doblada en la mano.

Cuando Finn se calmó y volvió a acostarse sobre su frazada azul, Alma continuó hablando.

—Este es Finn —dijo—. Fue traído por su familia porque tuvieron una emergencia médica y no pudieron seguir haciéndose cargo de él. Tiene cinco años, pesa casi sesenta libras y se vuelve loco cuando ve a alguien con una gorra puesta.

—¿Por qué? —preguntó Hunter.

—Ni idea. El Dr. Villalobos habló con sus antiguos dueños y tampoco sabían. Todo comenzó cuando llegó aquí —explicó Alma—. Pero fíjense, la razón por la que los traje a conocer a los perros grandes es para que vean que no damos abasto. Como parte del campamento de verano, aprenderán sobre lo que hacemos aquí, pero también colaborarán en diferentes proyectos para ayudar a nuestros amiguitos peludos. Todos los proyectos están en el salón multiuso, que será nuestra sede central durante el campamento de verano. Síganme.

Dentro del salón, un grupo de voluntarios estaba de pie frente a unas largas hojas de papel que cubrían las paredes. Todos llevaban camisetas moradas como la de Alma. Al presentarse, algunos dijeron que ya eran abuelos retirados, mientras que otros eran estudiantes universitarios que habían vuelto a casa por las vacaciones de verano. Cada uno explicó su proyecto, intentando convencer a los chicos de que lo escogieran, resaltando lo más divertido de cada cual. Lety le echó un vistazo a los proyectos: "Héroe gatuno" y "Héroe perruno", "Héroe de las redes sociales", "Héroe del almacén" y "Escritor del refugio". Kennedy y Brisa deseaban convertirse en héroes gatunos, pero Lety permaneció indecisa hasta que Alma explicó las funciones del escritor del refugio.

—Necesitamos a alguien que escriba diez perfiles de animales —dijo Alma—. Estos perfiles proporcionan a los visitantes información sobre la vida del animal, de dónde viene, cuáles son sus actividades favoritas y ese tipo de cosas. Realmente buscamos a alguien a quien le guste escribir, porque la escritora del refugio, mi mejor amiga Gaby, estará ausente durante el verano.

—¿Fue ella la que escribió estos? —preguntó Kennedy, señalando tres perfiles colgados en el pizarrón de anuncios.

Eran los perfiles de Coco, un gato marrón y blanco traído al refugio por su familia; Milagro, una gatita negra a quien habían desahuciado junto a sus hermanos; y Kiwi, un gatito gris claro.

—Sí, ella los redactó el año pasado como parte de un proyecto de nuestra comunidad escolar. Por eso, mientras Gaby no esté, necesitaremos al menos a una persona que la sustituya.

—¡Apúntate! —le susurró Brisa a Lety.

—¿Por qué no te apuntas tú? —dijo Lety, alcanzándole un marcador rojo.

—De ninguna manera. Tú escribes en inglés mejor que yo —respondió Brisa, negando con la cabeza y rechazando el marcador.

Lety apretó el marcador. Sabía que Brisa tenía razón. Llevaba más años estudiando en el programa ELL y escribía mejor en inglés, pero Brisa podía redactar muy bien en español. Lety envidiaba su fluidez cuando escribía cartas a su familia en Bolivia. Antes de venir a Estados Unidos, Brisa asistía a una escuela privada jesuita donde había aprendido a escribir muy bien y estudiaba poemas y cuentos en español. Lety se había ido de México en tercer grado y su español se había quedado en ese nivel. Le fascinaba la habilidad con que Brisa podía redactar en su lengua materna.

—Por favor, tomen un marcador y escriban su nombre debajo del proyecto que les interese, para poderlos dividir en esos grupos —dijo Alma—. El que escojan, será su proyecto durante las próximas cuatro semanas. Inscríbanse solamente en uno. Si tienen dudas, pregúntennos.

Lety dudó, pero sin soltar el marcador. Escribir en inglés era más sencillo que hablarlo. Para redactar, podía tomarse su tiempo, pensar en el vocabulario, buscar palabras en el diccionario, tachar cosas y volver a revisar. Al hablar, no había modo de borrar ni revisar. ¡Lo que salía de su boca se quedaba tal cual! Si los demás se burlaban de su pronunciación o de las palabras que empleaba, no tenía manera de dar marcha atrás.

Kennedy escribió su nombre y el de Brisa en la lista de héroes gatunos.

—Sé un héroe gatuno como nosotras —dijo Kennedy—. Vamos a hacer juguetes para gatos y otras artesanías.

Alma se acercó a Lety.

—¿Estás pensando ser la escritora del refugio?

—No lo sé —respondió Lety, encogiéndose de hombros—. ¿Cuántos perfiles tendré que escribir?

—Todos los que puedas en las próximas cuatro semanas —respondió Alma—. La mejor parte es que trabajarás con el Dr. Villalobos. Él revisará los perfiles, así que no tendrás que preocuparte por las faltas de ortografía. Luego, se los dará al equipo de redes sociales para que los publiquen en internet.

—El inglés no es mi primera lengua —dijo Lety bajito.

—Con más razón deberías hacerlo. Es una forma muy buena de practicar.

—¡Apúntate y ya! —exclamó Brisa, agarrándole el brazo—. ¡Puedes hacerlo!

Lety no estaba segura. En la escuela, la Sra. Camacho siempre la ayudaba con las tareas de escritura y se sentaba a su lado para ir corrigiendo su redacción. Pero la Sra. Camacho no estaba allí. Se encontraba dirigiendo la escuela de verano en el otro extremo de la ciudad. Ahora mismo, Aziza, Gazi, Myra y Santiago estarían jugando a la sopa de palabras o al ahorcado para practicar el vocabulario. A Lety le encantaba jugar al ahorcado.

Con el marcador en la mano, avanzó hasta el papel que decía "Escritor del refugio". La Sra. Camacho no iba a estar siempre a su lado. En algún momento, tendría que hacer como el cohete supersónico Pinchos y convertirse en héroe. Destapó el marcador y estaba a punto de escribir su nombre cuando Hunter se le adelantó y escribió el suyo con un marcador verde.

—¡Oye! —protestó Lety—. Yo iba a poner mi nombre.

—Parece que se te fue el bote —dijo el chico, encogiéndose de hombros—. Ahora yo soy el escritor del refugio. Lo siento, pero no lo siento.

CAPÍTULO 3

Demasiada responsabilidad

Hunter se apartó con una sonrisita maliciosa y Lety se quedó allí de pie, confundida, tratando de comprender qué había querido decir con eso de que se le había ido el bote. ¿Qué tenía que ver un bote con ser escritor del refugio?

—¿Qué dijo? —les preguntó Lety a Kennedy y a Brisa.

—Es una expresión tonta —dijo Kennedy—. Olvídala.

Lety frunció el ceño. Sintió que estaba otra vez en tercer grado y que no entendía ni una palabra de inglés. Miró a Hunter, que estaba hablando con Mario Pérez, otro chico que ella conocía de la escuela. Pensaba que Mario era agradable, demasiado agradable para andar con Hunter.

—¡Tal vez deberías cambiar tu nombre a Hunter Fisher si tanto te gustan los *botes*! —gritó Brisa, interrumpiendo la conversación de Hunter y Mario.

Hunter le echó una mirada fulminante.

—Así se habla —dijo Alma, chocando el puño con Brisa.

Aunque se sentía frustrada, Lety no pudo evitar reír con el comentario de su amiga.

—Hunter Fisher —repitió Lety, soltando una risita. En inglés, "fisher" significa "pescador"—, porque le gustan los botes.

Las chicas comenzaron a reírse a carcajadas. Un rayo de esperanza iluminó a Lety. Cinco minutos atrás, no sabía qué significaba ser escritor del refugio, pero ahora que tenía la posibilidad de convertirse en uno, quería probarles a todos que era capaz de hacerlo.

Era como aquella vez en cuarto grado, cuando encontró el libro *La señora Frisby y las ratas de NIMH* en la biblioteca de la escuela. Los estudiantes del programa ELL solo leían libros ilustrados, pero ella quería leer uno del estante de cuarto grado. Se arrepintió en el mismo momento en que lo sacó del estante. Al ver el grosor del libro, sintió que la cabeza le iba a estallar; pero no se atrevió a volverlo a poner en su sitio. Además, algunos chicos la estaban observando. Al hojear sus páginas, encontró ilustraciones en blanco y negro en las que aparecían un ratón diminuto, un cuervo y unas ratas enormes. Las ilustraciones eran de gran ayuda, y no era literatura para bebés. Era el libro perfecto.

La bibliotecaria ni siquiera le preguntó cuál era su nivel de lectura. La dejó sacar el libro y tenerlo el tiempo que quisiera. Cuando lo terminó, pensó que ese era su libro favorito.

Ahora todos los libros de la biblioteca de la escuela eran sus amigos. Ya no se sentía intimidada al abrirlos; al contrario, la transportaban a mundos nuevos, donde las ratas de laboratorio se convertían en héroes y las niñas que venían de lugares lejanos, como ella, podían soñar en otro idioma.

Lety levantó el marcador nuevamente, se acercó al papel y escribió su nombre justo debajo del de Hunter.

—¡Ella no puede hacer eso! —protestó Hunter.

—Vengan acá los dos —dijo Alma, poniendo los ojos en blanco.

Los chicos se acercaron a ella sin mucho entusiasmo.

—Miren, me alegra anunciarles que ahora tenemos dos escritores. ¿No les parece emocionante?

Hunter hizo una mueca.

—Van a trabajar juntos —añadió Alma.

—¿Qué? —gruñó Hunter, interrumpiendo a Alma.

—No seas maleducado —lo regañó Kennedy.

Lety sintió como si le hubieran puesto una zancadilla. ¿Qué le pasaba a este chico?

—De cualquier modo —continuó Alma—, escribirán diez perfiles entre los dos. Sin presión, pero conscientes de que es una gran responsabilidad.

Lety bajó la cabeza, intimidada. Hunter se dio cuenta y sonrió.

—La antigua escritora, Gaby, era una especie de J. K. Rowling, ¿saben? —continuó Alma—. Escribía rapidísimo y cada historia era oro molido. En cuanto terminaba un perfil, la mascota era adoptada.

—¡En el acto! —agregó otro voluntario.

—Así es —dijo Alma, asintiendo.

—Mi nivel de lectura y escritura es de secundaria, así que no hay problema —se jactó Hunter.

—No es cierto —dijo Kennedy, negando con la cabeza—. Deja ya de mentir.

—Es verdad —intervino Mario—. La maestra se lo dijo. Ustedes no están en la clase de la Sra. Morgan, así que no tienen manera de saberlo.

—Deja de ponerte de su lado, Mario —dijo Kennedy.

Lety tragó en seco, poseída por un ataque repentino de ansiedad. ¿Sería posible que Hunter escribiera con nivel de secundaria? Miró a Alma, que parecía disfrutar del duelo entre Kennedy y Mario.

—Alma, ¿cómo sabremos sobre qué animales escribir? —preguntó Lety.

—El Dr. Villalobos me dará la lista mañana. ¿Les parece bien? —dijo Alma, y se dio la vuelta para marcharse.

Cuando la joven voluntaria estuvo lo suficientemente lejos, Hunter se ajustó la gorra y se acercó a Lety.

—Lo mejor sería que me dejaras escribir todos los perfiles. Quiero decir, puedo hacerlos rápido y quedarán geniales —dijo Hunter, encogiéndose de hombros—. Además, sé que aún estás aprendiendo inglés. Esto puede ser demasiado difícil para ti.

Brisa le pasó el brazo por encima a Lety, como protegiéndola.

—Ya escuchaste a Alma: ahora en el refugio hay dos escritores de perfiles —dijo—. No uno, sino dos.

Hunter negó con la cabeza.

—Yo solo quiero lo mejor para los animales —dijo.

—¿En serio? ¡Qué tierno! —dijo Kennedy, en tono burlón—. ¡Hazme el favor! —añadió, poniendo los ojos en blanco.

—¡Tengo una idea! —exclamó Mario—. Hagamos una competencia.

Lety sintió un salto en el estómago.

—¡Me gusta la idea! —dijo Hunter—. Así podemos probar quién escribe mejor.

—¡Qué tontería! —dijo Kennedy.

—No se trata de eso. Aquí lo importante son las mascotas —dijo Mario, en voz baja y serena—. Si realmente te importan los animales del refugio, ¿no querrías que los adoptaran cuanto antes, Lety?

—Por supuesto —respondió la chica.

—Entonces, ¿no crees que los animales se merecen la persona que mejor escriba? Una competencia es la manera más justa de averiguar quién debería ser el escritor del refugio. Ya sabes lo que dijo Alma, la última escritora era como J. K. Rowling y...

—¿Y qué? —interrumpió Kennedy—. Se trata de perfiles de animales, no de jugar *Quidditch*.

Mario se llevó las manos a la cara, frustrado.

—Kennedy, me vas a volver loco —dijo—. Si escucharas un minuto, comprenderías que lo único que quiero es que el refugio tenga el mejor escritor. Necesitamos una manera fácil y justa de determinar quién escribe mejor.

Lety respiró profundo, intentando procesar lo que Mario acababa de decir. ¿Quién escribía mejor? ¿Una manera fácil y justa? Nada de esto le parecía justo. Se preguntaba por qué Hunter y Mario lo estaban complicando todo. Entonces, le vino a la mente la respuesta. Era como en la escuela. Los otros chicos, los que no estaban en el programa ELL, nunca los invitaban a sus fiestas de cumpleaños ni a participar en sus proyectos. Sentía que esta competencia era otra manera de excluirla, y eso la puso furiosa.

—Está bien —dijo, un poco más molesta de lo que hubiera deseado—. ¿Y quién decidirá quién es el mejor? ¿El Dr. Villalobos? ¿Alma?

—¡No! No les podemos decir nada —dijo Mario, acercándose y bajando la voz—. Escuchen, me enteré por los otros voluntarios que Gaby, la chica que antes escribía los perfiles, se metió en problemas y no la dejaron volver a jugar con las mascotas. El Dr. Villalobos casi la expulsa del refugio.

—¿Casi la expulsa? —preguntó Lety.

—A mí no pueden expulsarme. Mi abuela no lo permitiría —dijo Hunter.

—Pero Alma dijo que Gaby era genial —añadió Brisa.

—Oye, eso fue lo que escuché —replicó Mario—. De todos modos, no queremos que eso suceda, ¿cierto? Si el Dr. Villalobos pudo hacerle eso a Gaby... Quiero decir, si casi la expulsa del refugio, también podría expulsarnos a nosotros por hacer esta competencia.

—Tenemos que ponernos de acuerdo y mantenerlo en secreto, ¿está bien? —dijo Hunter.

Lety asintió.

—El ganador lo determinará la cantidad de adopciones —dijo Mario—. Alma dijo que necesitaban diez perfiles... Eso quiere decir que cada uno puede escribir cinco. También dijo que, tan pronto los terminaran, el equipo de redes sociales los publicaría en internet. Yo me apunté en ese equipo, así que me aseguraré de que se haga lo más rápido posible. El que logre que más perros o gatos sean adoptados para el fin de la segunda semana del campamento, se convertirá en el escritor de perfiles del refugio. El perdedor tendrá que hacer otra cosa, como ayudar en el almacén. —Mario señaló el letrero de "Héroe del almacén" pegado en la pared. No había un solo nombre en el papel—. Nadie se ha apuntado, así que ellos querrán ayuda.

—Eso es porque el almacén huele mal —dijo Kennedy—. Igual que ustedes, chicos.

—¿Hacemos un trato, sí o no? —dijo Mario, ignorando el insulto de Kennedy.

—¿Cinco perfiles? —preguntó Lety.

Mario y Hunter asintieron.

Lo que Lety más deseaba era ayudar a perros como Pinchos y al resto de los animales del refugio a encontrar un hogar, pero escribir cinco perfiles en dos semanas le parecía imposible.

—¡Un momento! —dijo Kennedy, como si supiera lo que su amiga estaba pensando, y miró a Mario con los ojos llenos de furia—. Ustedes no pueden poner todas las reglas. Creo que esto debería ser un reto sobre todo para Hunter, que es quien dice que escribe con nivel de secundaria.

—Por mí está bien —dijo Hunter.

—¿Qué tienes en mente? —preguntó Mario.

—Les daremos cinco palabras que tendrán que usar en los perfiles —dijo Kennedy—. Esto hará que la competencia sea más justa, ya que Hunter está más avanzado... según tú.

Lety jaló a Kennedy por el codo.

—Kennedy, no estoy segura de que debamos... —le dijo al oído.

—Confía en mí.

Lety confiaba en su amiga con los ojos cerrados, pero ponerle a Hunter un reto extra era ponerlo en desventaja. Si ella ganaba, por un milagro, Hunter podría decir que le habían tocado palabras más difíciles. Ella quería ser escritora del refugio por mérito propio.

—¿Qué dicen? —preguntó Kennedy.

—¡De acuerdo! Que gane el mejor —dijo Hunter, extendiéndole la mano a Lety.

La chica le estrechó la mano.

—Traigan sus cinco palabras mañana —dijo Mario—. ¡Y no se echen para atrás!

Dicho esto, ambos chicos se dieron la vuelta.

—Esto va a ser como Hulk contra una hormiga —le dijo Hunter a Mario mientras se alejaban.

Lety se volteó y, en ese momento, Hunter miró hacia atrás. Sus miradas chocaron, y la chica le echó una mirada fulminante a su contrincante. Quería que supiera que lo había escuchado referirse a ella como a un insecto.

—¡*Plaf*! ¡Fin del juego! —dijo Hunter, dando un pisotón en el piso, como si acabara de aplastar una hormiga.

CAPÍTULO 4

Adiós, Pinchos

Brisa reunió a Lety y a Kennedy.

—Necesitamos palabras difíciles, chicas —dijo.

—De nivel de secundaria, por supuesto —añadió Kennedy, sacando el teléfono del bolsillo—. Voy a buscar en Google y también puedo preguntarle a mi hermano mayor. Él sabrá. —Kennedy se detuvo y observó a Lety, que estaba en silencio—. ¿Estás bien?

Lety se mantuvo inmóvil. Una avalancha de palabras en inglés le invadía el cerebro, pero sobre todo, una en particular: *doubt*, que en español quiere decir "duda". Era una palabra que conocía muy bien en ambos idiomas. La duda la había acompañado durante todo el camino desde México hasta Estados Unidos. Había estado presente el primer día de clases, cuando no entendió ni una sola palabra de lo que dijo la maestra. Había estado allí cuando un grupo de chicos mayores que ella la envió al baño de los niños en lugar de al de las niñas, y luego se reían en su cara cada vez que la veían por el pasillo. Lety nunca pensó que aprendería inglés, mucho menos que haría amigos en la escuela. Aunque había logrado las dos cosas, la duda nunca la abandonaba.

Un barullo de ladridos y chicos corriendo hacia la puerta la sacó de su letargo.

—Chicos, han venido a buscar a Pinchos —les anunció Alma, sosteniendo al perro en sus brazos—. Vengan a despedirse.

Los chicos rodearon a Alma. Hunter se acercó a Pinchos y le dio un beso en la cabeza. Lety pensó que era difícil seguir molesta con él después de un gesto tan dulce.

Cuando el grupo comenzó a dispersarse, Lety, Brisa y Kennedy se acercaron al perrito.

—¿Por qué no le pedimos a San Francisco que lo acompañe? Lety, ¿por qué no se lo pides tú? —dijo Brisa.

—Qué buena idea. Pinchos necesita todas las oraciones del mundo —dijo Alma, y le entregó el perro a la chica.

Lety lo abrazó con ternura y cerró los ojos. Brisa y Kennedy hicieron lo mismo.

—Querido San Francisco, que amas a todas las criaturas de Dios —dijo Lety—, te pedimos que cuides a Pinchos, que es un perrito muy bueno y valiente y que salvó a una niñita. Ahora va a un hogar de acogida y rezamos por que esté bien y sea amado y alimentado lo mejor posible...

—¡Con carne de verdad! —interrumpió Brisa, muy emocionada.

—Sí, que le den un bistec de verdad —añadió Lety—. Y, por favor, asegúrate de que nunca le falte un juguete que mordisquear. Amén.

—Amén —repitieron las otras chicas.

Lety le dio un beso en la cabeza a Pinchos. Deseaba de todo corazón que fuera su perro para poder llevárselo a casa.

—Puedo decir desde ya que escribirás unos perfiles geniales —dijo Alma, guiñando un ojo, mientras agarraba a Pinchos y se marchaba.

En cuanto Alma se fue con el perrito, el salón se llenó de actividad. Brisa y Kennedy se unieron a los otros héroes gatunos. Hunter y Mario leían los perfiles de animales pegados al pizarrón de anuncios. Lety, sin embargo, seguía inmóvil. La partida de Pinchos hacía que la competencia le resultara más urgente. ¿Realmente había aceptado competir con Hunter Farmer, el chico de quinto grado que escribía con nivel de secundaria? Pensó otra vez en lo que le había dicho al Dr. Villalobos: "A veces, las personas o mascotas no queridas pueden convertirse en héroes si les dan la oportunidad". Si Hunter pensaba que la iba a aplastar como a una hormiga, ella le iba a demostrar lo contrario. Se lo debía a Pinchos, el perro héroe; a Finn, que odiaba las gorras; y a todos los amiguitos peludos que necesitaban un hogar permanente. Ella iba a acabar con las dudas y a escribir perfiles que serían oro molido.

CAPÍTULO 5

Cinco palabras en inglés

Cuando la mamá de Brisa dejó a Lety en su casa, su hermano de siete años, Eddie, estaba sentado en el portal, esperándola.

—¡Lety! ¡Lety! —gritó el chico, apurándose para abrirle el portón—. ¡Te perdiste un día espectacular!

—Jugaste al ahorcado, ¿no?

—Con tiza en el patio, y adiviné todas las palabras.

—Sabihondo —dijo Lety, abriendo la puerta de tela metálica de la casa.

En cuanto entró, sintió el aroma especiado de las lentejas que venía de la cocina.

—La Sra. Camacho me dejó ayudar a los niños nuevos —continuó Eddie—. Hay un chico que se llama Luis, de Guatemala, y Zeenat, de... no recuerdo, pero vamos a ser compañeros. Comimos paletas. Y mañana llevaremos fotos de nuestras familias. ¿Me ayudarás a buscar una?

—Claro —respondió Lety, atravesando el comedor en dirección a la cocina para saludar a su mamá.

Se detuvo al ver un montón de muestras de pintura. Su mamá solía traer una muestra cada vez que pintaba, pero esta vez había al menos una docena de cartoncitos con diferentes tonos de pintura apilados sobre la mesa. Eran del tamaño de marcadores de libros y cada uno contenía distintos tonos de morado y rosado.

—¿Sabías que había tantos tonos de morado? —preguntó Eddie, sentándose a la mesa.

Lety revisó las muestras y negó con la cabeza.

—Yo sí —dijo Eddie—. Ya me sé todos los colores. Violeta terciopelo, maravilloso malva, lavanda primaveral...

Mientras Eddie recitaba la lista de tonalidades, la mamá de Lety entró al comedor con una olla de lentejas. La colocó sobre la mesa y le dio un abrazo a su hija.

—¿Te gustan? —preguntó, mirando las muestras que Lety tenía en las manos.

—Sí, son hermosas. ¡Gracias! —dijo Lety.

La mamá de Lety había sido pintora en México y vendía sus cuadros de pájaros, animales callejeros y flores en la plaza principal de Tlaquepaque. Ahora pintaba casas y apartamentos. La mayoría de las personas quería sus paredes pintadas de colores que la mamá llamaba "sencillos", como beige, gris y crema, pero ella siempre escogía muestras de colores vibrantes para traérselas a su hija. Cada noche, Lety y Eddie practicaban los nombres de los colores que aparecían en las muestras. A la Sra. Camacho siempre la impresionaba que Lety no describiera los colores simplemente como azul o verde, sino como azul índigo o verde musgo, y era por eso. Así era como ella sentía que su inglés mejoraba, aunque no estaba segura de que saberse los nombres de cada tono le serviría de mucho para ser la escritora de perfiles del refugio, como tampoco le había servido a su mamá cuando fue a la primera reunión de padres. La mamá de Lety y la maestra se habían sentado en silencio una frente a otra durante diez minutos que a Lety le parecieron una eternidad, hasta que llegó un traductor.

Con la Sra. Camacho todo era más fácil. Ella hablaba español, pero no hablaba el idioma de Aziza o de Gazi. El año anterior, al ver cómo la Sra. Camacho se esforzaba por comunicarse con los padres de Gazi para pedirles autorización para una excursión, Lety notó que Gazi se enrojecía de vergüenza. A partir de ese día, se aseguró de que nunca lo enviaran al baño equivocado o lo dejaran solo en el comedor.

—¿Cómo te fue en el primer día de campamento? —preguntó la mamá de Lety en un inglés muy elemental.

—¡Estás hablando inglés! —dijo Eddie, sonriendo.

—Yo también estoy aprendiendo —dijo su mamá, haciéndole un guiño—. Soy la mejor estudiante.

Eddie negó con la cabeza y soltó una carcajada.

—¿Y? ¿Cómo te fue, hija? —volvió a preguntar la mamá.

—Bien. Me apunté como voluntaria para escribir sobre los animales del refugio —respondió la chica.

La mamá de Lety hizo una mueca porque no comprendió lo que su hija acababa de decir en inglés.

—Me fue muy bien. Voy a escribir sobre las mascotas del refugio —comenzó a decir Lety lentamente, antes de que su hermanito la interrumpiese.

—¡Chévere! —exclamó Eddie—. ¿Podemos tener un perro?

—Eso espero. Hoy conocí a uno muy dulce que sería perfecto para nosotros —dijo Lety.

—¿Cómo se llama? —preguntó la mamá.

—Pinchos.

La mamá se echó a reír.

—¡Ese es un nombre genial! —dijo Eddie.

—¿Podemos traerlo a casa? —preguntó Lety.

—No sé —respondió su mamá, moviendo la cabeza, pensativa—. Hablaré con su papá.

—Gracias, mamita —dijo la chica en español, agradecida. Era una buena señal que a su mamá le gustase la idea de tener un perro.

—Tienes que decirlo en inglés, Lety —dijo Eddie—. No vamos a aprender si siempre hablamos en español. Eso dice la Sra. Camacho.

—También dice que no debemos perder el español, Eddie —replicó Lety—. Eso es importante. No tenemos que elegir uno de los dos idiomas. El objetivo es ser bilingües.

Eddie se encogió de hombros.

—Yo voy a ser más que bilingüe. ¡Voy a aprender todos los idiomas del mundo! Y mamá también tendrá que aprenderlos. Inglés, sobre todo.

—Ay, Eddie —dijo Lety, negando con la cabeza—. Mamá aprende tan rápido como puede.

—Lo sé —dijo Eddie, y se puso de pie y le dio un beso en la mejilla a su mamá—. Sé que te estás esforzando, mamita.

Lety sonrió y recordó cómo su hermano había cantado en el coro de la escuela la Navidad anterior. Después del concierto, los padres y los maestros se habían reunido en la cafetería. Mientras ella y Eddie correteaban y conversaban con sus amigos y maestros, su mamá había estado todo el tiempo con la mamá de Brisa. Ambas eran demasiado tímidas para hablar con otros padres con el poco inglés que sabían. Tal vez su hermano tenía razón. En el fondo, Lety quería lo mismo: que su mamá participara en las conversaciones en lugar de quedarse de pie en un rincón, con miedo de hablar y decir algo incorrecto. Lety sabía bien cómo se sentía estar así.

Esa misma noche, cuando su papá llegó a casa del trabajo, Lety y Eddie le hicieron compañía sentados a la mesa. Era una costumbre familiar que los chicos hicieran sus tareas y bebieran un vaso de leche mientras su papá cenaba. Lety hojeaba un diccionario de inglés, buscando palabras difíciles que estuvieran al nivel de secundaria de Hunter. Kennedy y Brisa habían dicho que también la ayudarían a buscar palabras. Esperaba que sus amigas tuvieran mejor suerte. Eddie repasaba el álbum familiar de fotos, buscando una para llevar a su clase de verano de ELL al día siguiente. Lety observaba a su padre cortar un trozo de cerdo en su plato y comerlo con una tortilla de maíz.

—Papá, ¿sabes alguna palabra difícil en inglés? —le preguntó—. Necesito cinco palabras para mañana.

El papá arqueó las cejas y se limpió la boca con una servilleta.

—Todas son difíciles para mí, *mija* —dijo, y comió otro trozo de cerdo.

—Si encuentras palabras difíciles, escríbelas y repítelas —dijo Eddie, mojando una galleta de chocolate en la leche—. Eso es lo que dice la Sra. Camacho.

El papá de los chicos frunció el ceño. Casi no hablaba inglés, pero comprendía todo.

—Puedo estudiar las palabras difíciles contigo, papá. Seré tu maestro, pues sé más inglés —dijo Eddie.

Lety se rio, pero su hermano tenía razón. Para Eddie, el inglés resultaba muy fácil. La Sra. Camacho decía que era porque había comenzado a aprender siendo muy chiquito. Decía que los cerebros jóvenes son como esponjas, que absorben nuevos idiomas con mucha facilidad. Lety deseaba tener un cerebro como una esponja también.

El papá se inclinó sobre Eddie y le dio unos golpecitos en la cabeza, orgulloso. Él había sido el primero en llegar a Estados Unidos. Vino a trabajar en la construcción, junto a un tío que había comenzado su propio negocio años atrás. Pasó un año completo, y cada día que estuvo lejos, Lety se preocupó por él. Extrañaba su voz en las mañanas, cantando una canción de la radio, y sus botas junto a la puerta antes de ir a dormir. Durante ese año, Lety, Eddie y su mamá vivieron en casa de los abuelos para ahorrar dinero para el viaje a Estados Unidos. Eddie casi no recordaba nada de ese tiempo, pues era muy pequeño, pero Lety había sentido el vacío de la partida de su padre y la ansiedad de esperar a reunirse con él. Cuando su papá y su tío tuvieron el dinero suficiente para mandarlos a buscar, ella, su mamá y su hermanito hicieron las maletas y dejaron su casa de Tlaquepaque para siempre.

El papá de los chicos se levantó para llevar su plato a la

cocina, pero antes se inclinó y le dio un beso a Lety en la cabeza.

—Tú estudias —dijo, poniendo un dedo sobre el diccionario—. Yo trabajo.

—Papá, tú también tienes que estudiar —dijo Eddie—. No puedes trabajar todo el tiempo.

Lety le lanzó una mirada severa a su hermano para que cerrara la boca.

—Él trabaja todo el día para que nosotros podamos estudiar —explicó.

—Tiene razón —confirmó la mamá.

—Después del inglés, voy a estudiar italiano; así podré sorprender a mi entrenador de fútbol —dijo Eddie—. Y luego, tal vez farsi o tagalo. Hay tantos idiomas. ¡Miles! Aunque el inglés es mi favorito.

—Qué bueno, *mijo* —dijo la mamá, sirviéndole más leche.

—A duras penas puedo encontrar cinco buenas palabras en inglés —dijo Lety, contemplando el diccionario.

Su mamá le puso una mano en el hombro.

—Yo no sé muchas palabras. Lo siento, *mija*.

—No te preocupes. Kennedy y Brisa me están ayudando.

—Usa una de estas —dijo Eddie, haciendo deslizar sobre la mesa una muestra de pintura con cinco tonos diferentes de rosado—. Estas son buenas.

Lety cerró el diccionario. Examinó la muestra de pintura

y la guardó en su mochila, mientras Eddie iba a la sala para ver los dibujos animados de *Zombie Cats*. Lety también se tumbó en el sofá, pero cuando su papá se sentó en su puesto de siempre, cambió el canal por un programa de concursos en español. Eddie protestó y se dejó caer al suelo con una mueca. Lety se acurrucó junto a su papá. El programa se llamaba *Cien mexicanos dijeron*, y era la versión mexicana de *Family Feud*, en la que dos familias competían respondiendo preguntas sobre temas cotidianos. Lety lo veía siempre, porque el presentador era simpático y las familias podían ganar miles de dólares. Le gustaba fantasear que era su familia la que participaba y ganaba cincuenta mil dólares. El gran premio no era la única razón por la que era su favorito, también porque el programa hacía sonreír a su papá cada vez que el presentador hacía un chiste. Esta noche, las familias debían nombrar cosas sin las cuales nunca salían a la calle. Uno a uno, los concursantes adivinaron "cartera", "celular", "gafas", "monedero" y un grupo de respuestas incorrectas.

—Identificación —adivinó el papá.

—ID —repitió Eddie.

Escuchar a su fatigado papá volver a la vida después de un largo día de trabajo reconfortaba a Lety. Su mamá se les unió en el sofá y le dio unas palmaditas a Lety en las piernas.

—Papeles —le gritó la mamá al televisor en cuanto se sentó.

Lety observó las uñas cortísimas de su mamá, manchadas

de pintura color crema. Y, aunque su mamá solía usar un pañuelo para pintar casas, podía ver restos de blanco marfil en algunos mechones de su pelo castaño. Su papá se había dado una ducha y se había puesto ropa limpia en cuanto llegó a casa, pero ella aún podía sentir el olor a tierra del nuevo proyecto de construcción en el pelo oscuro y la piel bronceada.

—Identificación —gritó Lety—. ¿Por qué no adivinan esa?

Un timbre sonó en el programa, anunciando que se le había acabado el tiempo a la familia. Ahora, la otra familia tenía la oportunidad de adivinar la última respuesta. Se juntaron todos antes de gritar la respuesta ganadora: licencia de conducción/identificación.

El padre sonrió de oreja a oreja.

—Lo sabía —dijo.

—Esa familia nos debe haber escuchado —dijo Eddie—. Sabíamos la respuesta.

—¡Y en dos idiomas! —exclamó Lety—. Nos hubiéramos ganado el premio gordo.

CAPÍTULO 6

Con todas las de la ley

—¡Lety! ¡Brisa! —gritó Kennedy mientras entraban al salón multiuso. Con un papel en la mano, se apuró por alcanzarlas—. Hunter y Mario dicen que ayer acordamos que ellos también le darían a Lety cinco palabras. No recuerdo haber quedado en eso —dijo Kennedy, mirando a las chicas.

—¡¿Qué?! ¡De ninguna manera! —exclamó Brisa, levantando un dedo.

—¿Esas son las palabras que te dieron? —preguntó Lety, agarrando el papel.

Kennedy asintió.

—Son un disparate —dijo Kennedy cuando los chicos se acercaron.

—Lety estuvo de acuerdo —dijo Mario—. No pueden cambiar las reglas.

—Ustedes son los que las están cambiando —bufó Brisa.

Lety observó detenidamente las cinco palabras que Hunter había escogido para que ella usara en los perfiles de animales, y se le hizo un nudo en la garganta. No conocía ninguna. Para ella, eran de otro universo. Kennedy le arrebató el papel de las manos y lo agitó de forma inquisitiva frente a Hunter y a Mario.

—¡Vamos! ¿"Supersónico"? ¿"Infeccioso"? ¿"Rígido"? ¿De dónde sacaron estas palabras tan ridículas? ¿Cómo se supone que Lety use "colosal" y "fusión" en los perfiles de animales?

—No estás jugando limpio, Hunter —añadió Brisa.

—¿Cómo que no? —respondió el chico, y agarró su gorra de béisbol en un gesto de exasperación—. ¿Ustedes pueden escoger palabras para mí, pero yo no puedo escoger palabras para ustedes?

—Tú fuiste quien se jactó diciendo que escribe con nivel de secundaria —dijo Kennedy.

—¿Puedo ver las palabras que me trajiste? —le dijo Hunter a Lety, ignorando a Kennedy.

Lety se quitó la mochila y metió la mano en el bolsillo para sacar la muestra de pintura. Kennedy y Brisa también sacaron libretitas con palabras garabateadas.

—La primera palabra es "bullicioso" —dijo Kennedy.

—Fácil —dijo Hunter, encogiéndose de hombros y anotando la palabra en su celular.

—"Señuelo" y "borbotones"—dijo Brisa.

—Más fácil todavía —dijo el chico con cinismo.

—¿En serio, Hunter? —dijo Kennedy.

—¿Y qué te parece "exquisito"? —añadió Brisa—. Me encanta como suena. ¿A ti no? Buena suerte usándola, Hunter.

—La palabra más fácil del mundo —dijo el chico.

—"Fucsia" —dijo Lety.

A Hunter se le torció la sonrisa.

—¿Esa palabra existe? No suena a inglés —protestó—. Tenemos que usar palabras en inglés.

—Es una palabra en inglés —dijo Lety—. Es un color rosado intenso. Lo tengo aquí —añadió, enseñándole la muestra de colores—. ¿Ves? Fucsia de moda.

—No me parece. Dale otra palabra —dijo Mario.

—Esa no se vale —le comentó Hunter a Mario—. Suena a francés o español.

—Oh, porque tú nunca usas palabras en español —intervino Kennedy—. El año pasado tuviste una piñata en tu cumpleaños. ¿Recuerdas? ¿De qué idioma crees que es la palabra "piñata"?

Lety y Brisa se miraron sorprendidas. A pesar de estar acostumbradas a que no las invitasen a los cumpleaños de sus compañeros, a no ser que fuera de uno de los estudiantes del programa ELL, no sabían que Hunter había tenido una fiesta y que Kennedy había ido. Ella jamás lo había mencionado.

—Es en español. ¿No aprendiste eso en los libros de nivel de secundaria que supuestamente lees? —dijo Kennedy, con una actitud tan mordaz que la cara de Hunter se puso roja.

—Está bien, como quieran —dijo Hunter, encogiéndose de hombros y mirando a Lety—. Voy a usar tus palabras. Entonces, ¿estás de acuerdo en usar nuestras cinco palabras en los perfiles de animales?

—Chicos, eso no era parte del acuerdo —dijo Kennedy, cruzando los brazos—. Lety, no tienes que aceptar. Podemos contarle al Dr. Villalobos de esta competencia ahora mismo.

—¡No pueden hacer eso! —protestó Mario.

—Nos podrían expulsar, y mi abuela pagó mucho por este campamento —dijo Hunter—. Así que ni lo sueñes, Kennedy.

Lety quería decir que su familia había pagado mucho también, pero no quería sonar como una copiona, repitiendo todo lo que Hunter decía.

—Deberían haberlo pensado antes de inventar nuevas reglas —dijo Kennedy.

Lety sintió que estaba en medio de una telenovela mexicana en la que los personajes están en un juzgado. En este episodio, Kennedy era una abogada valiente que la defendía. Del otro lado del tribunal estaban los villanos: Hunter y Mario. Sin embargo, ella no se veía como una víctima que necesitara que la defendieran. Aunque las palabras que le había dado Hunter eran muy difíciles, quería competir contra él con todas las de la ley. Si ganaba, sería porque los gatos y perros del refugio habrían encontrado un hogar permanente. Así que ordenó sus ideas antes de hablar.

—No vamos a contarle a nadie —dijo, haciéndole un gesto a Kennedy con la cabeza—. Voy a usar las palabras que me dieron. Ahora, manos a la obra.

CAPÍTULO 7

Ya no es su perra

Alma sostenía en su mano un trozo de papel amarillo con los nombres de diez perros y gatos.

—Aquí tienen —dijo, entregándole el papel a Lety—. Recuerden que cada perfil debe tener no más de cien palabras. Al Dr. Villalobos le gustan los perfiles tiernos y sencillos.

—Entendido —dijo Hunter.

—Tiernos y sencillos —repitió Lety. Le gustaba cómo sonaban esas palabras juntas.

—¡Buena suerte! —dijo Alma, y salió a hablar con otros voluntarios.

En cuanto se alejó, Lety le entregó el papel a Mario. El chico lo rasgó enseguida y le pasó a cada uno un trozo con cinco amigos peludos.

—Que gane el mejor escritor —dijo.

Hunter se marchó con su lista. Lety se quedó quieta, leyendo los nombres de los amiguitos peludos. Su lista incluía tres gatos llamados Chicharito, Lorca y Bandido, y dos perros: Finn y una diminuta pomerania llamada Bella. Brisa y Kennedy se le acercaron.

—¡Oh, mira! Te tocó el perro que odia las gorras —dijo Brisa, emocionada—. Quisiera poder ayudarte, pero estamos haciendo... ¿Cómo se dice, Kennedy?

—Bolsas de menta —respondió Kennedy.

—¡Bolsas de menta! ¡Y es divertido! —exclamó Brisa, halando a Lety del brazo—. ¿A dónde vas?

—Voy a ir a ver a Finn —respondió Lety—; y luego iré a la habitación de los gatos, ¿está bien?

—¡Hasta luego, capitana! —dijo Brisa, con un acento boliviano más marcado que de costumbre, para añadir dramatismo.

Lety rio. Los últimos tres años se las había agenciado para perder su acento mexicano, despojándose de él como si fuera un suéter de poliéster de los que dan picazón. Brisa, por su parte, se aferraba a su acento boliviano como si fuera el suéter más suave del mundo, hecho de una sedosa lana de alpaca. En una ocasión, cuando la Sra. Camacho corrigió el acento de Brisa, ella se defendió explicando que ese era el acento de su abuela, y eso era todo lo que le quedaba de Bolivia. No quería deshacerse de eso también. La Sra. Camacho sonrió entonces y dijo: "¡Aférrate a ese hermoso acento, Brisa Quispe!".

Mientras se alejaba de sus amigas, Lety pensó que este era uno de esos pocos momentos del año en que no tenía a Brisa o a Kennedy a su lado. Hasta ahora, había pasado el verano con ellas en la piscina del barrio de Kennedy y la mamá de Brisa las recogía todos los días. Ahora estaba sola. Por un momento, dudó de sí misma y se preguntó si habría sido más fácil evitar la competencia con Hunter y ser parte de los héroes gatunos con sus amigas. ¿Acaso era tan importante probar que podía escribir tan bien como él y convertirse en la escritora del refugio?

—¿Todo bien, Lety? —le preguntó Alma—. Estás en las nubes.

Lety alzó la vista, sorprendida, y guardó la lista en el bolsillo.

—Solo estoy pensando qué voy a escribir sobre Finn —respondió, con una risita nerviosa.

—Quizás esto te ayude —dijo Alma, entregándole un volante con la foto de Pinchos—. Lo escribió Gaby. Puedes usarlo de guía.

PINCHOS

¡Hola! Me llamo Pinchos. Soy un terrier de color blanco y negro. Me encanta halar sogas con los dientes y jugar con mi panda de peluche. También me gusta mucho comer. Mis antiguos dueños me trajeron al refugio porque les parecía que yo era demasiado intranquilo. ¡Desde que llegué aquí, he aprendido a canalizar mi energía haciendo trucos! Si tienes invitados en casa, puedo darles la pata y dar vueltas. Lo único que no me gusta son las pulgas, que el cuenco del agua esté vacío y los días lluviosos en que no puedo salir a perseguir ardillas. ¡Visita el refugio Amiguitos Peludos para que tengas la oportunidad de conocerme!

Lety lo leyó rápidamente y se rio en la parte que decía que a Pinchos no le gustaban los días de lluvia porque no podía salir a perseguir ardillas.

—¿Crees que Pinchos regrese? —preguntó Lety, extrañando al perro.

—Sin dudas —respondió Alma—. Siempre regresa. Ese es el problema. La gente lo adopta y luego dice que es muy intranquilo. Nunca lo entenderé. Adoro a ese perro, pero no puedo quedármelo porque ahora tenemos una gata y no se lleva bien con los perros.

—¿Adoptaste una gata del refugio?

—¡Sí! Se llama Pluma y es una belleza —dijo Alma, y sacó el celular—. Mírala.

Lety se inclinó para ver la foto de una majestuosa gata gris, amarilla y blanca, con brillantes ojos verdes.

—Ojos verde esmeralda —dijo—. Es preciosa.

—Es la mejor gata del mundo, pero no soporta a los caninos.

—¿Cualquiera puede adoptar a Pinchos?

—Seguro, mientras el Dr. Villalobos vea que es una persona buena para el perro.

—¿Cómo sabe si es la persona adecuada?

—El Dr. Villalobos estudia a la gente. Observa su comportamiento, cómo actúa y qué dice. Él piensa que soy supergenial, lo que demuestra que es un excelente juez del carácter.

De pronto, Lety se preocupó y tuvo un presentimiento horrible: si el Dr. Villalobos se enteraba de la competencia, ¿pensaría que ella no era la persona adecuada para adoptar a Pinchos? Se suponía que ella y Hunter trabajaran juntos. Lety volvió a pensar en lo que Mario había dicho de Gaby, que había sido casi expulsada del refugio. Lety no quería que la expulsaran. Quería ser la mejor escritora de perfiles para poder ayudar a los animales. Y también quería adoptar a ese perrito tan dulce que se llamaba Pinchos.

—Fue una broma —dijo Alma—. ¿Estás bien?

Por un segundo, consideró preguntarle si era verdad que casi expulsaron a Gaby, pero desechó la idea. Alma era inteligente. Comenzaría a preguntarse por qué Lety estaba preocupada y tal vez los descubriría.

—Yo también creo que eres súper genial.

—Gracias, chica —dijo Alma, con una gran sonrisa—. ¡Tú también! ¿Quisieras adoptar a Pinchos? ¿Que sea parte de tu familia?

—Sí, pero mi mamá tiene que hablar con mi papá primero.

—¿A él le gustan los perros?

—Oh, sí. Mucho. Cuando vivíamos en México, solía compartir su desayuno con los perros callejeros. Hasta le construyó una casita al perro de un vecino. Íbamos a tener un perro, pero él se mudó para acá y luego vinimos nosotros.

—Sé que acabamos de conocernos, pero me parece que eres la persona adecuada para Pinchos. De todos modos, no soy yo quien lo decide. Es al Dr. Villalobos al que tienes que impresionar.

—Lo intentaré —dijo Lety—. Gracias.

Se apresuró para llegar a la Zona de Ladridos. Allí estaba Hunter, parado sin moverse frente a una jaula, como hipnotizado por el perro que estaba dentro. Lety pasó por detrás de él en dirección a la jaula de Finn, pero Hunter ni se dio cuenta. Estaba lelo, contemplando al gran perro blanco.

—¿Hunter? —dijo Lety—. ¿Estás bien?

El chico salió de su letargo y miró a Lety con ojos tristes.

—Se parece a mi perra —dijo, señalando al enorme labrador que mordisqueaba un juguete chillón—. Quiero decir, ya no es mi perra...

Hunter se detuvo, como si no estuviera seguro de que debía seguir hablando, y continuó contemplando al perro.

—¿Ya no es tu perra? —preguntó Lety bajito—. ¿Qué le pasó?

Hunter se encogió de hombros.

Solo llevaban dos días en el campamento, pero ya Lety había notado que el chico se la pasaba encogiéndose de hombros. Brisa hasta le había puesto un apodo: "Sr. Llama Encogida". A Lety le daba mucha gracia, pero sabía que algo se ocultaba tras ese gesto. Algo tan triste que ni siquiera las palabras podían expresarlo. Lety era buena interpretando el lenguaje facial y corporal de las personas, así como los tonos de voz. Durante su primer año en la escuela en Estados Unidos, esas pistas la habían ayudado a aprender inglés. Sabía que Hunter se encogía de hombros para expresar que no le importaba algo, pero en el fondo sí le importaba. Lety estaba segura de que ese algo tenía que ver con la perra que ya no era su perra.

Hunter se quedó en silencio, sin responder. La chica decidió preguntar de otra manera.

—¿Cómo se llamaba tu perra?

—Gunner —contestó Hunter, sin apartar la vista del labrador de la jaula.

Lety miró a Finn, que meneaba la cola y la observaba con sus ojos color miel. La chica le hizo un guiño para hacerle saber que regresaría muy pronto a su lado. Finn lloriqueó cuando la vio acercarse a Hunter, frente a la jaula del peludo perro blanco.

—Gunner —repitió Lety—. Bonito nombre. ¿Lo pronuncié bien?

Hunter asintió. En la jaula había una lista con algunos datos de Sawyer, el labrador blanco que tanto le llamaba la atención a Hunter. Lety leyó la edad, la raza y la fecha de ingreso, que era el día en que lo habían traído al refugio.

—Pobre Sawyer. Ha estado aquí desde marzo. ¡Cinco meses! ¿Por qué nadie lo ha adoptado? Es tan lindo —dijo.

Hunter volvió a encogerse de hombros.

—La gente es tonta —musitó.

Lety se preguntó si eso mismo pensaría de ella. Dio una palmada y Sawyer inmediatamente dejó caer su juguete y se acercó a ellos.

—¡Hola, dulzura! —dijo Lety, arrodillándose para estar a la altura del perro—. ¡Eres un chico muy lindo!

Hunter se arrodilló junto a ella y Lety notó que las mejillas del chico estaban llenas de pecas.

—Es idéntico a mi perra, con la excepción de que Gunner era una gran pirineo —dijo Hunter—. Tenía rayas grises alrededor de la cara, pero era casi toda blanca, igual que este. Me la regalaron cuando cumplí cinco años. Entonces era solo una cachorrita.

—¡Qué linda!

—Parecía un oso polar —dijo el chico, meneando la cabeza—. También era muy lista.

A Lety le gustó la forma en que Hunter hablaba de su perra. Su voz se volvía tan suave como el pelo de Sawyer, y sus ojos castaños, tan brillantes como el hocico húmedo del labrador.

—¿Ya sabes lo que vas a escribir? —le preguntó.

—Tengo algunas ideas —respondió Hunter.

Abrió su cuaderno y destapó la pluma. Finn lanzó un gemido impaciente y ambos chicos rieron.

—¡Lo siento, Finn! ¡Ya voy! —gritó Lety, poniéndose de pie.

Entonces Sawyer ladró, como pidiéndole que se quedara y le dijera cosas bonitas.

—Niño lindo, Hunter se quedará contigo y escribirá un perfil genial.

En el rostro del chico se dibujó una leve sonrisa. Lety fue hasta la jaula de Finn y apuntó algunas notas en su libretita. Se detuvo y observó a Hunter, que todavía estaba en el suelo frente a Sawyer. El chico escribía en su cuaderno con gran rapidez. Lety sintió envidia de lo fácil que le resultaba. Se preguntó si de verdad podía escribir con nivel de secundaria y si ella sería capaz de escribir a esa velocidad algún día.

CAPÍTULO 8

El señuelo de Sawyer

—Es increíble —dijo Kennedy después de leer el perfil de Hunter sobre el labrador—, pero de ninguna manera voy a decírselo.

Al día siguiente, el perfil ya tenía una foto de Sawyer y estaba colgado en el pizarrón de anuncios, en la recepción del refugio.

—Utilizó la palabra "señuelo" —susurró Brisa—. Tal

vez sea cierto que escribe con nivel de secundaria como dijo. ¿Qué piensas, Lety?

—Tal vez —respondió Lety, respirando profundo antes de leer el perfil—. Está muy bien —dijo, finalmente—. Describió muy bien a Sawyer.

SAWYER

¿Mi nombre despreocupado te parece un señuelo para que me adoptes? ¿No? Déjame contarte un poco más sobre mí: soy un labrador gran pirineo de dos años con las mejores cualidades de ambas razas. Por el lado pirineo soy protector y amante de la familia. Por el lado labrador querré sacarte a correr o a dar un largo paseo por el lago. ¡Hasta me daría un chapuzón! Soy un gran nadador. También estoy entrenado, pero deberás ser paciente mientras me adapto a mi nuevo hogar. ¡Visítame hoy en el refugio de animales Amiguitos Peludos!

—Mario me dijo que Hunter casi había terminado los perfiles de Sultán y Canela —dijo Kennedy—. ¿Cuánto has avanzado tú?

A Lety la cabeza le dio vueltas. Apenas había comenzado el perfil de Finn.

—Voy a terminar hoy el perfil de Finn, luego comenzaré el de Bella y después los de los gatos.

—Debes terminar más perfiles antes del fin de semana. Los fines de semana son buenos para las adopciones. Esa es tu mejor oportunidad de ganar —dijo Kennedy—. ¿Crees que puedas terminar al menos tres? Puedes completar los dos últimos el fin de semana en la piscina y tenerlos listos para el lunes. ¿Qué crees?

—¡Sin presión! —bromeó Brisa.

Lety tragó en seco.

En ese momento, el Dr. Villalobos se acercó y les pidió a todos que tomaran asiento.

—Hoy vamos a ver una película sobre agresiones caninas y cómo comportarse si alguna vez se enfrentan a un perro hostil.

Lety acercó su silla a las de Brisa y Kennedy, y miró a Hunter. El chico le sonrió brevemente, y ella le devolvió la sonrisa.

El Dr. Villalobos se subió una de las mangas de su camisa y fue mostrándoles uno a uno la cicatriz del tamaño de una mordida que tenía en el brazo, con la fecha de 16 de agosto de 1997.

—¿Ven esta cicatriz? —dijo.

Algunos de los chicos no pudieron evitar una expresión de asco. Mario se remangó una de las patas del pantalón para mostrar su propia cicatriz.

—Herida de patineta —explicó.

El Dr. Villalobos hizo una mueca y le sugirió que usara rodilleras. Todos rieron.

—Me hice esta cicatriz cuando estaba en la universidad —explicó el Dr. Villalobos—. Iba corriendo una mañana cuando un dóberman me saltó encima. Por suerte solo me mordió el brazo y pude pedir ayuda y liberarme sin más consecuencias que este tajo horrible.

—¿Le dolió? —preguntó Kennedy.

—¡Oh, sí! ¡Me dolió como el mismísimo demonio!

Lety y Brisa intercambiaron miradas de desconcierto. Primera vez que escuchaban que algo doliera "como el mismísimo demonio". Lety deseó que nunca algo le doliera como el mismísimo demonio. No sonaba bien.

—Los refugios de animales están llenos de dulces gatitos peludos y perros adorables y juguetones, pero, desafortunadamente, no todas las mascotas han sido educadas para ser buenas. Algunos perros son agresivos porque han sido descuidados y abusados o sus dueños los han criado así. Si alguna vez se enfrentan a alguno, quiero que sepan qué hacer —dijo.

—Qué amable —dijo Brisa mientras el Dr. Villalobos ponía un video.

La película comenzaba mostrando algunos perros en diferentes fases de agresión, gruñendo y enseñando los dientes afilados.

Lety sacó el perfil de Finn. Definitivamente, no era un perro agresivo. Finn era dulce y tranquilo... hasta que veía a alguien con una gorra, pero ella no quería mencionar eso en el perfil. Le preocupaba que pudiera asustar a las personas que quisieran adoptarlo. En vez de eso, describió la manta favorita de Finn y apuntó su edad y su raza. Todavía no había empleado ninguna de las cinco palabras en su perfil. Agarró el diccionario y buscó "colosal" y "fusión". Esas no funcionaban. Buscó "infeccioso", "rígido" y "supersónico". Frunció el ceño y cerró el diccionario cuando el hombre en el video comenzó a dar consejos sobre cómo actuar en caso de enfrentarse a un perro enfurecido.

—No se muevan. Permanezcan rígidos y en silencio —aconsejó el hombre—. Y lo más importante: no hagan contacto visual con un perro enfurecido, pues lo puede percibir como un desafío.

¡Rígido! Esa era una de las palabras que debía usar en el perfil. El hombre en el video había usado "rígido" para decir inmóvil, pero también podía significar ser estricto con las reglas.

El cerebro de Lety zumbó cuando por fin encontró una manera de usar "rígido" en el perfil. La chica escribió algunas notas sobre la manta favorita de Finn. Era una suave manta azul de lana que el perro arrastraba de una esquina a otra de su jaula. Tras unos minutos, el perfil de Finn estaba terminado.

FINN

Soy un dulce labrador pastor de dos años. Me llevo bien con otros perros y con las personas. En el refugio, duermo sobre una manta azul añil, pero en ese sentido no soy nada rígido. Renunciaría felizmente a mi manta favorita con tal de dormir en tu casa (¡mi nuevo hogar!) y acurrucarme a tu lado. ¡Visítame hoy en el refugio de animales Amiguitos Peludos!

CAPÍTULO 9

Un fuerte viento fresco

Al día siguiente, había tres nuevos perfiles en el sitio web de Amiguitos Peludos. Hunter había terminado el perfil de Canela, la *pitbull* americana amarilla y blanca.

—Usó "borbotones" —anunció Kennedy—. No creí que encontraría la manera, pero lo hizo.

Las tres amigas se apretujaron frente a una computadora de la recepción del refugio para leer el perfil de Canela.

CANELA

¡Hola! Soy una *pitbull* americana de cuatro años. Cuando la gente se da cuenta de que soy una *pitbull*, pasa de largo junto a mi jaula. A pesar de que hago lo imposible por sentarme derecha y mostrar mis grandes ojos marrones, ni siquiera se paran a saludar. ¿Vas a pasar de largo tú también? Si te detienes, verás que soy inteligente y gentil. El personal del refugio siempre me elogia a borbotones porque estoy entrenada y soy experta paseando con correa. También dicen que soy muy paciente... ¡pero estoy impaciente por conocerte! ¡Visítame hoy en el refugio de animales Amiguitos Peludos!

Una ola de sentimientos encontrados invadió a Lety. Hunter había vuelto a escribir un perfil hermosísimo. Se alegraba porque esto quería decir que alguien podría adoptar pronto a Canela. Sin embargo, sentía que estaba decepcionando a Kennedy y a Brisa. Y más que eso, que estaba decepcionando al refugio. Sacó el perfil que había comenzado a hacer de Bella, la peluda pomerania negra.

—No sé por qué pensé que podría ser la escritora de perfiles del refugio —murmuró.

—El perfil de Finn te quedó genial. Solo tienes que escribir más rápido —dijo Kennedy—. Ya es viernes. Hoy tienes que terminar la mayor cantidad posible para que estén listos el fin de semana. —Kennedy miró su reloj—. Vamos, Brisa, tenemos que ayudar a hacer juguetes de plumas.

—Enseguida te alcanzo —dijo Brisa, y se quedó con Lety mientras Kennedy avanzaba hacia el salón multiuso.

—Creo que está brava conmigo —dijo Lety.

—No, no lo está. Realmente quiere que le ganes al Sr. Llama Encogida y a Mario. Kennedy es así. No le gusta perder. ¿Recuerdas aquel partido de fútbol que jugamos contra el equipo de Mario, donde él la acusó de tocar el balón con la mano?

Lety asintió; lo recordaba perfectamente.

—Ganamos ese juego. ¿Por qué sigue brava?

—Porque Kennedy y Mario son como dos cabras obstinadas —dijo Brisa, y negó con la cabeza—. Pero basta de hablar de ellos. Tengo que ir al salón de los gatos, pero primero quiero hablar contigo. Me parece que andas con la mirada perdida, como si quisieras darte por vencida, y lo siento en tu voz también.

Lety se preguntó cómo Brisa había aprendido a leerle tan bien la mente. Estaba arrepentida de haberse anotado para ser la escritora de perfiles del refugio. Hunter era demasiado bueno. Podía hacer un mejor trabajo por los animales.

—Sus perfiles son mejores que los míos —dijo.

—No es verdad —dijo Brisa.

—Es verdad.

—¿Recuerdas que yo no quería venir a este campamento?

Lety hizo una mueca al recordar cómo había tenido que insistirle para convencerla —y casi rogarle— de que apuntarse en el campamento era mejor que las clases de verano de ELL. Luego había tenido que convencer a la familia de Brisa y a su propia familia, quienes tuvieron que pagar doscientos dólares para que fueran al campamento. Para la familia de Brisa doscientos dólares no era tanto dinero, porque su padre era ingeniero en una de las compañías más grandes de la ciudad, pero para la de Lety era una fortuna. Sobre todo comparado con el campamento de verano de ELL, que era gratis.

—Solo me apunté por ti —dijo Brisa—. Si empiezas a tener dudas, yo también empezaré a tener dudas.

—Es más difícil de lo que pensé —dijo Lety.

—¿Difícil? —dijo Brisa, entrecerrando los ojos—. ¿Más difícil que dejar a tus abuelos y tus primos para venir a este país? ¿O difícil como no ser invitada a cumpleaños con magdalenas riquísimas y pizzas de queso de las que todos hablan al día siguiente en clase?

Y, tan simple como eso, algo se iluminó en la cabeza de Lety. Se sintió avergonzada de inventar excusas. Si alguien conocía las dificultades, ese alguien era ella... y Brisa.

—Concéntrate en esos dulces cachorritos y en esos preciosos gatitos. Sé la voz de ellos.

—¿Cómo... —comenzó a decir Lety cuando Brisa la interrumpió con unos maullidos agudos.

—Miau, miau, por favor, encuéntrame un hogar. Miau, miau, no quiero quedarme para siempre en este refugio. Miau, escribe eso por mí...

—¡Brisa! —rio Lety—. ¡Ya! Para.

Brisa sonrió, satisfecha. Lety sabía que con su amiga no funcionaban las quejas.

—Terminaré hoy el perfil de Bella. Luego escribiré los de los gatos. Puedes ayudarme con esos.

—¡Sí, por supuesto! Puedo decirte todo sobre Bandido y Lorca. Bandido es un tornado con bigotes. Lorca piensa que es un león. Hunter jamás podría escribir sobre ellos, pero tú sí. Nos vemos, amiga —dijo Brisa, y comenzó a alejarse, pero, de pronto, se detuvo y miró a Lety—. Acabo de darme cuenta de que no recuerdo cómo se dice "give up" en español. ¿Te acuerdas?

Lety intentó recordarlo. Entró en pánico y soltó un suspiro.

—No lo recuerdo, Brisa.

—¡Dejémoslo así!

Brisa se pavoneó por el pasillo rumbo al salón de los gatos, dejando a su amiga aliviada, como levitando en una apacible brisa fresca.

CAPÍTULO 10

Colosalmente perfecto

—Esta chiquita se perdió y la encontramos —dijo el Dr. Villalobos, alzando la voz por encima del bullicio en el salón de los perros pequeños. Luego puso a Bella en los brazos de Lety—. Nadie la ha reclamado.

La chica abrazó a la pomerania. ¿Cómo era posible que nadie fuera a buscarla? Daisy, la administradora del refugio, rascó las orejas de Bella.

—Y no tenía un microchip, así que, desafortunadamente, no hubo forma de localizar a su familia —dijo Daisy—. ¿Pueden imaginarse perder a esta adorable criatura y no buscarla? ¿Quién haría algo así?

—No lo sé —dijo Lety mientras Bella le lamía el cuello y el mentón—. ¿Hay algo más que deba mencionar en su perfil? ¿Además de que es una adorable criatura que le encanta besar a la gente?

—El problema con los perros de esta raza es que por lo general no pesan más de cinco libras, pero tienen una personalidad descomunal —respondió el Dr. Villalobos—. Bella probablemente se sienta ofendida de que la hayamos puesto en el salón de los perros pequeños porque, en su mente, ella es del tamaño de un gran danés. El que la adopte debe tener mucho tacto.

—Mucho tacto —repitió Lety, insegura de lo que significaba—. ¿Quiere decir sensible?

—Más bien cuidadoso y alerta —dijo el Dr. Villalobos.

—¡Oh, sí! ¡Perfecto! Entiendo. Gran personalidad y muy activa —dijo Lety, pensando en las palabras que le quedaban por incluir en los perfiles—. ¿Diría que Bella tiene una personalidad colosal?

—¿Colosal? —preguntó el Dr. Villalobos, y arqueó las cejas, sorprendido.

—Qué palabra tan grande —dijo Daisy, haciéndole un guiño a la chica.

Lety rio, porque "colosal" significaba "muy grande".

—Seguro —dijo finalmente el doctor—. Colosal es un adjetivo bastante preciso.

—Gracias. Creo que tengo lo que necesito para terminar su perfil.

—Estoy impaciente por leerlo. No todos los días aparece la palabra "colosal" en el perfil de un animal. No recuerdo haberla visto nunca.

—Yo tampoco —dijo Daisy, ajustándose los espejuelos de montura negra en la nariz y mirando a Lety.

—Estoy tratando de ampliar mi vocabulario durante el verano —dijo la chica, sintiendo de pronto temor de haber hablado de más. Si se enteraban de la competencia entre ella y Hunter, ¿los expulsarían del refugio? ¿Perdería la oportunidad de adoptar a Pinchos? Lety devolvió a Bella al Dr. Villalobos—. ¿Cómo le va a Pinchos con su familia de acogida?

—Hasta ahora bien, según he escuchado —respondió el Dr. Villalobos.

—¿Regresará al refugio?

—Oh, sí. La familia de acogida es temporal. Quiero encontrarle una familia que no se dé por vencida, no alguien que lo quiera porque salió en las noticias. ¿Entiendes?

Lety sintió que el corazón le daba un vuelco ante la posibilidad de que Pinchos regresara pronto al refugio.

—Entiendo —dijo—. Entonces, ¿cualquiera podrá adoptarlo cuando regrese?

—Bueno, no cualquiera —respondió el Dr. Villalobos—. Quien quiera adoptarlo tendrá que cumplir mis estrictos requisitos.

Lety sintió que la inundaba el pánico. Miró fijamente el rostro del doctor, buscando alguna señal de que estuviera bromeando, como solía hacer.

"¿Estrictos requisitos?", pensó.

Daisy resopló, y el Dr. Villalobos finalmente dejó escapar una sonrisa.

—¿Qué? Estoy hablando en serio. Le he fallado muchas veces a Pinchos, enviándolo con gente que se arrepentía de haberlo adoptado y lo traía de vuelta.

—No es su culpa —dijo Lety.

—Me parece muy bien que se lo digas —afirmó Daisy, y sonrió—. Es muy duro consigo mismo.

—Esta vez no voy a enviar a Pinchos con cualquiera —continuó el Dr. Villalobos—. Su próxima familia tendrá que probarme que será capaz de cuidarlo.

—¿Cómo? —preguntó la chica.

—Buena pregunta —dijo Daisy, meneando la cabeza—. ¿Cómo?

—Simplemente lo sabré —respondió el doctor—. En mi mente y en mi corazón lo sabré.

Lety asintió, convencida de que sabía lo que debía hacer: escribir los mejores perfiles para probarle que era capaz. Se despidió y salió disparada hacia el salón multiusos. Los héroes gatunos estaban sentados a la mesa haciendo juguetes de plumas. Lety revisó el perfil de Bella, incluyó la palabra "colosal" y corrigió la ortografía y la puntuación.

BELLA

¡Mi nombre lo dice todo! ¡Soy cinco libras de personalidad y belleza colosal! Tengo un pelaje negro grisáceo y ojos color miel. En el refugio, todos me llaman "criatura adorable". Como todos los pomeranios, soy inteligente y juguetona. Sé sentarme y estarme quieta, pero necesito un humano paciente que me enseñe a no saltar encima de todos y llenarlos de besos. ¡No puedo evitarlo! Siempre me emociona conocer gente y convertirme en su criatura favorita. ¿Quieres ser mi dueño? ¡Visítame hoy en el refugio de animales Amiguitos Peludos!

En cuanto envió el perfil, se dirigió al salón de los gatos para comenzar los perfiles de Bandido, Lorca y Chicharito. Al pasar por la recepción, vio a Alma conversando con una familia y ayudándolos con el papeleo de adopción. Otro voluntario traía a Sawyer con una correa. La familia se apresuró a acariciar al perro.

¡Iban a adoptar a Sawyer! Inmediatamente, Lety pensó en Hunter. Tenía que encontrarlo para decírselo. Corrió al salón de los gatos, donde Hunter terminaba su perfil de Messi, un siamés marrón. Enseguida divisó al chico acariciando al gato sobre su regazo, para que se durmiera.

—¡Hunter! Van a adoptar a Sawyer —dijo Lety.

Hunter se puso pálido y frunció el ceño, pero no se movió. Miró a Messi, que se estiraba sobre su regazo.

—Pensé que querrías verlo antes de que se lo lleven —dijo.

Hunter levantó la vista.

—No te preocupes —dijo, encogiéndose de hombros—. Solo significa que estoy ganando la competencia. Uno a cero. Me faltan cuatro.

Lety dio un paso atrás, confundida. ¿Acaso esto era solo una competencia para él? ¿No le importaban los animales? Ella sabía que le importaban, por todo lo que él le había contado sobre Gunner.

—Pero tú... —tartamudeó—. Pensé que Sawyer te recordaba a Gunner y que querías...

Lety dejó de hablar cuando Hunter volvió a encogerse de hombros. Se sentía avergonzada de haber intentado ser agradable con él. ¿Qué le pasaba? ¿Cómo podía pensar en la competencia en vez de correr a despedirse de Sawyer?

—No importa.

Brisa y Kennedy se acercaron.

—¿Qué sucede? —preguntó Kennedy.

—Van a adoptar a Sawyer —respondió Lety—. Una familia se lo va a llevar ahora mismo.

—Vamos a despedirnos —dijo Brisa, tomándola de la mano.

Las chicas se unieron al Dr. Villalobos y a varios voluntarios afuera del refugio mientras la familia ponía a Sawyer en una gran jaula en la parte trasera de su auto. Sawyer no paraba de menear la cola y ladrar emocionado. Mientras salía del estacionamiento con su nueva familia, todos le dijeron adiós con la mano.

—Chicas, ¿alguna vez han escuchado hablar de una banda llamada The Beatles? —preguntó el Dr. Villalobos.

Uno de los voluntarios que los acompañaba comentó que ellas eran demasiado jóvenes. El Dr. Villalobos se cubrió la cara riendo.

—¡Supongo que eso quiere decir que soy viejo! De cualquier manera, los Beatles tenían una canción que decía que el dinero no puede comprar el amor —explicó el

Dr. Villalobos—. Y cada vez que la escucho pienso que ellos nunca deben de haber pagado por adoptar un animal.

Las chicas miraron al doctor confundidas.

—Esa familia acaba de comprar setenta libras de auténtico amor incondicional. Es a eso a lo que me refiero.

—¿Cómo dice la canción? —preguntó Brisa.

El Dr. Villalobos y el otro voluntario comenzaron a tararearla mientras caminaban de regreso al refugio. Brisa los acompañaba con palmadas e intentaba seguir la letra.

Kennedy cantaba y bailaba... hasta que le dio a Lety un codazo.

—Mira quién se está frotando las manos por su triunfo —dijo Kennedy.

Lety alzó la vista en la dirección que apuntaba Kennedy y vio a Hunter en la ventana de la recepción, oculto tras la cortina. No sabía qué pensar. ¿Por qué no había salido a despedirse del perro? Siguió la mirada melancólica de Hunter hasta el auto que se llevaba a Sawyer. No era la mirada presumida de quien estaba ganando una tonta competencia. Era una mirada de arrepentimiento.

CAPÍTULO 11

A dos gatos de la victoria

Hunter estaba ganando. En la terraza de la casa de Kennedy, las chicas revisaban el sitio web del refugio. Cuando un perro o un gato eran adoptados, el coordinador del sitio destacaba la foto de la mascota con la palabra "adoptado" entre signos de exclamación dobles. Así se mantenía por un par de días, hasta que quitaban la foto. Los perfiles de Sawyer y Canela tenían la palabra "¡¡ADOPTADO!!" resaltada en rojo.

—¡Canela! —exclamó Lety con alegría—. Por fin alguien se detuvo en su jaula. Estoy tan feliz.

—¡Súper! —añadió Brisa.

Kennedy refrescó la página con la esperanza de que Bella o Finn también hubieran sido adoptados. Como ninguno de sus estatus había cambiado, hizo clic en el perfil de Sultán.

—Tengo que reconocerlo: Hunter es un buen escritor —admitió Kennedy.

Las tres chicas se apretujaron alrededor del iPad para leer el perfil de Sultán.

SULTÁN

¿Sabes qué consigues mezclando un gigantesco schnauzer con un *poodle*? Un inteligente, bullicioso y cariñoso *schnoodle* como yo. Soy un perro entrenado que disfruta los paseos al aire libre y atrapar pelotas y palitos. Atraparé cada pelota y cada palito que lances. Por todo el cariño que me des, yo te daré más. Te lo dije, soy un caniche inteligente. No busques más, ¡aquí está tu Sultán! ¡Visítame hoy en el refugio de animales Amiguitos Peludos!

—Lo hizo perfecto —dijo Brisa—. ¿Ya usó "exquisito"?

—Sí —dijo Kennedy.

Con un par de clics, abrió el perfil de Messi. Encima del mismo estaba la adorable imagen de un gato siamés flacucho de color chocolate enredado en hilo de estambre azul.

MESSI

¿Es un cometa? ¿Es un relámpago? No, soy yo, Messi, iluminando tu vida con mi supervelocidad felina y mis encantos siameses. Soy tan raudo como un guepardo con una bola de estambre entre mis suaves patas color marrón y estoy al día con mis vacunas. Después de un largo día de juego, me gusta disfrutar de un almuerzo exquisito y unos buenos estiramientos. ¿Puedo formar parte de tu equipo ganador? ¡Visítame hoy en el refugio de animales Amiguitos Peludos!

—"Exquisito" era demasiado fácil para él —dijo Brisa—. Hubiera querido encontrar una palabra más difícil.

—Aún no ha escrito el perfil de Brooks, así que puedes alcanzarlo este fin de semana —dijo Kennedy—. ¿Cómo vas con los perfiles de Lorca, Bandido y Chicharito?

Lety sacó el cuaderno de su bolso.

—He hecho algunas notas sobre Bandido, pero necesito más información para el perfil de Chicharito.

—¡Ay, Chicharito! El gatito atigrado de hermosos ojos marrón —chilló Brisa—. Es un ángel.

—¿Ángel? —preguntó Kennedy, incrédula—. Ese pequeño bribón hizo trizas el periódico de su jaula y luego destruyó los juguetes de plumas que hicimos para él y sus hermanas.

—¡Anotado! Chicharito es un monstruo de cuatro patas —escribió Lety, sonriendo—. ¿Algo más?

—Está castrado —dijo Kennedy.

—Tiene todas sus vacunas —añadió Brisa.

—¿Y tiene algo especial que lo distinga del resto?

Las chicas pusieron los ojos en blanco.

—Nada —dijo Kennedy—. Es un gato. Duerme, ronronea, lame sus patas y ataca de repente sin razón alguna.

—¡Ya sé! —dijo Brisa—. Se llama así por un jugador de fútbol. El Dr. Villalobos es aficionado al fútbol, como yo.

—Qué bien, eso puede servir. Solo me falta hallar la manera de utilizar "infeccioso", "fusión" o "supersónico" —dijo Lety, dejando caer el bolígrafo sobre la mesa—. ¿Alguna otra tarea imposible para añadir a mi lista de hoy?

Kennedy soltó un gemido y se cubrió la cara con las manos.

—Acaban de adoptar a Sultán —anunció—. Hunter está a dos gatos de la victoria.

Brisa y Lety se inclinaron para comprobar que el perfil de Sultán había sido marcado como "¡¡ADOPTADO!!".

—Ay, no —dijo Brisa bajito—. Aunque eso es bueno para Sultán.

—Sí, pero malo para Lety —dijo Kennedy—. Ahora está muy rezagada.

Lety frunció el ceño al escuchar las palabras de Kennedy. Había comenzado la escuela "rezagada" en todo: inglés, matemáticas, ciencias... Aun así, había logrado empatarse con los demás. No escribía ni leía con nivel de secundaria, como Hunter, pero estudiaba mucho y sacaba buenas calificaciones. La Sra. Camacho incluso le había dicho que el próximo curso ya no necesitaría estar en el grupo de ELL, pero ella no estaba muy convencida.

—Se pondrá al día —dijo Brisa por ella, como si le hubiera leído la mente.

Kennedy asintió.

—Lo sé. No quiero ser mala, Lety. Es solo que odiaría que perdieras. No quiero que pases el resto del verano trabajando en el almacén. El pelo te va a apestar a comida.

Brisa soltó una carcajada.

—Serás muy popular entre los perros del refugio.

—Solo me interesa un perro: mi dulce Pinchos.

—Entonces, demuéstrale al Dr. Villalobos que eres la mejor escritora —dijo Kennedy.

—No voy a decepcionar a Pinchos —dijo Lety, y sonrió, aunque sentía que se iba a desmayar del pánico.

¿Por qué había aceptado participar en esa estúpida competencia? ¡Había demasiadas cosas en juego! Podía perder y terminar con el pelo oliendo a comida de mascotas. Se demostraría que Hunter tenía razón y que el inglés de ella no era lo suficientemente bueno para ser escritora del refugio. Además, corría el riesgo de que el Dr. Villalobos los descubriera y decidiera que ella no era la persona adecuada para adoptar a Pinchos. Realmente quería a ese perro.

—Lo tengo —dijo de pronto.

"Fusión" significaba la unión de dos o más cosas. En este caso, Chicharito era una mezcla de problemas y encanto juguetón. Agarró el bolígrafo y buscó una hoja en blanco en su cuaderno. Sabía exactamente cómo utilizar "fusión" en el perfil de Chicharito.

CAPÍTULO 12

Bella en espera

Cuando Brisa y Lety llegaron al refugio el martes por la mañana, Mario fue enseguida a recordarles que Hunter estaba a solo dos gatos de la victoria. Los perfiles que había escrito de Messi, el siamés marrón, y Brooks, la gata blanca y negra, habían sido publicados en el sitio web y, según Mario, estaban siendo revisados por muchas personas.

—Pero les tengo una mala noticia. Tuvieron que quitar el perfil de Finn. ¡Mala suerte! ¡Lo siento!

—¿Qué? ¿Por qué? —preguntó Lety, poniendo la mochila sobre una mesa en el salón multiusos.

—¿Quién lo quitó? —dijo Brisa, cruzando los brazos. Comenzó a hablar en español, porque sabía que Mario entendería, pues sus abuelos eran de Guanajuato, México—. ¿Fuiste tú?

—No fui yo —dijo Mario, alzando las manos—. No me lo permitirían. ¡Caramba! Pregúntenle al Dr. Villalobos. Y otra cosa: esa perrita que besa a todo el mundo está en espera.

Lety arqueó las cejas. ¿Se refería a Bella?

—Se la están guardando a una familia. Está prácticamente adoptada. Solo tienen que venir a buscarla.

—¡Vaya, Lety! —exclamó Brisa—. ¡Qué rápido!

La noticia alegró a Lety, pero le preocupaba lo que Mario había dicho de Finn.

—Tengo que hablar con el Dr. Villalobos.

Salió a toda velocidad y encontró al doctor en la clínica. Estaba almacenando medicamentos mientras les hablaba a tres gatos que acababan de ser esterilizados y estaban envueltos en toallas como si fueran burritos.

—Me gustó mucho el perfil de Finn, y recibimos varias llamadas durante el fin de semana preguntando por él, pero me preocupa el hecho de que no le gusten las gorras —le explicó el Dr. Villalobos.

—¿Querían adoptarlo?

El doctor asintió.

—Estaban interesados, pero creo que no debería ser adoptado hasta que no solucionemos su extraño comportamiento.

La chica también asintió, comprensiva. Sin embargo, sin Finn, le faltaba un perfil. Eso significaba que no había manera de que le ganara a Hunter en la competencia. A lo que más podía aspirar era a un empate cuatro a cuatro al final de la semana.

—Lo siento, Lety. ¿Estás molesta?

—¿Yo? No —dijo, sin darse cuenta de que había fruncido el ceño. Forzó una sonrisa—. Solo quiero que encuentre una familia permanente.

—Yo también —dijo el Dr. Villalobos—. Sé que han dedicado mucho tiempo a escribir los perfiles, así que quería que supieras que esa era la única razón por la que quité el de Finn.

—Entiendo —respondió Lety—. ¿Hay otro perro sobre el que pueda escribir?

—Seguramente, pero déjame pensarlo. ¿Sabes? Hunter y tú están escribiendo unos perfiles fenomenales.

—Gracias.

—En el perfil de... no recuerdo cuál, Hunter usó la palabra "señuelo", y en otro usó "bullicioso". —El Dr. Villalobos negó con la cabeza, asombrado—. Me dejó sorprendido.

—Escribe con nivel de secundaria.

—Y tú también —continuó el doctor, agarrando un volante de su escritorio—. Este perfil de Chicharito parece un anuncio publicitario profesional.

—¿En serio?

El Dr. Villalobos leyó el perfil en voz alta, lo que la hizo sentir un poco incómoda. ¿Se habría enterado de lo de la competencia?

CHICHARITO

A la tierna edad de ocho meses, ya he anotado unos cuantos goles en el refugio: tengo todas mis vacunas y estoy esterilizado, lo que significa que ¡soy uno en un millón! ¡No tengo ningún doble! Juego limpio con los demás, pueden preguntarles a mis hermanos, Solo y Sinclair. ¡Nunca me han sacado una tarjeta amarilla! Si estás buscando un gato atigrado, una verdadera fusión de aspecto angelical y encanto ganador, ¡visítame hoy en el refugio de animales Amiguitos Peludos!

—¿"Fusión"? —dijo el Dr. Villalobos—. ¿Angelical?

Lety se sintió acalorada, como si a ella también la hubiesen envuelto en una toalla como a los gatitos.

—¡Hunter envió hoy el perfil de Brooks y usó la palabra "fucsia"! —continuó el doctor—. Tuve que buscarla en Google. ¿Alguna vez has escuchado esa palabra?

Lety estaba segura de que su cara se había puesto fucsia en ese mismo instante. El Dr. Villalobos sabía algo, ¡seguramente! Sin embargo, no podía negar que conocía la palabra.

—Es un rosado intenso muy popular. La gente lo utiliza para acentuar paredes del comedor y los dormitorios. Al menos eso es lo que dice mi mamá.

—¿Acentuar paredes? —dijo el Dr. Villalobos, arqueando las cejas—. Tu mamá debe ser decoradora.

—Pinta casas y apartamentos.

—¿Le enseñaste esa palabra a Hunter? Quiero decir, ¿no es extraño que él la conozca? —dijo el Dr. Villalobos.

Lety se sentía cada vez más nerviosa. Casi podía ver cómo el Dr. Villalobos encajaba las piezas del rompecabezas en su cabeza. Deseó que uno de los gatos se despertara, pero estaban tan tranquilos y silenciosos como el aire que la sofocaba.

—Hunter y yo casi no hablamos —respondió, y trató de cambiar el tema—. ¿Y cómo le va a Pinchos? ¿Regresará pronto?

—Regresará, de eso estoy seguro —respondió el doctor.

En eso sonó un timbre, y el Dr. Villalobos sacó su teléfono del bolsillo. Lety vio los cielos abiertos; pensó que había llegado su fin. De algún modo, el doctor sabía de la competencia. O tal vez no sabía, pero tenía sus sospechas por las palabras que estaban utilizando.

—Llegó la familia que quiere adoptar a Bella —dijo el Dr. Villalobos, mirando el teléfono—. Vamos a despedirnos de esa adorable criatura.

Lety soltó un suspiro. Bella la había salvado por el momento, ¡pero debía advertirle a Hunter que el Dr. Villalobos sospechaba algo!

CAPÍTULO 13

Todo lo que importa

Lety encontró a Hunter en el salón multiusos, inclinado sobre su cuaderno. Se paró detrás de él y observó por encima de su hombro. Entonces, notó que el chico no escribía; sino que dibujaba un perro. Se parecía mucho a Sawyer, pero Lety sabía que debía de ser su perra, Gunner. Quería decirle que al Dr. Villalobos le habían llamado la atención las palabras tan difíciles que estaban utilizando pero, en lugar de interrumpirlo, lo dejó con su dibujo. Se sentó en una silla junto a sus amigas, mientras la conferencista invitada encendía la computadora y el proyector.

—Ahora la puntuación es tres a uno —dijo Kennedy, alzándole un pulgar a Lety—. ¡Felicidades por Bella!

Lety sonrió satisfecha, pero entonces recordó lo de Finn. Kennedy aún no sabía que habían quitado su perfil del sitio web y que ya no lo podrían adoptar. Tendría que decírselo más tarde, porque la conferencista estaba a punto de comenzar. Su nombre era Zoe y era miembro de un programa llamado "Equipo de Rescate". Zoe mostró en la pantalla un grupo de fotografías de miembros de su equipo salvando del frío a perros encadenados y llevando comida para mascotas a familias de bajos recursos. Lety sabía que "de bajos recursos" se refería a familias como la suya.

—Trabajamos en conjunto con el personal del almacén. Ellos preparan las bolsas de comida para mascotas y nosotros las entregamos cada mes a las familias que las necesitan.

—¿Si no tienen dinero para comprarles comida a sus mascotas, para qué las tienen? —preguntó una de las chicas.

Zoe iba a responder pero Hunter se le adelantó.

—Porque las quieren, Jenna. ¡Qué cosa! —dijo el chico—. Que no tengan dinero no quiere decir que no tengan corazón.

—Tranquilo, Hunter —dijo Kennedy, y suspiró—. ¡Rayos! Ella solo estaba haciendo una pregunta.

—Una pregunta tonta —murmuró Hunter.

—Más tonto serás tú —protestó Jenna—. No quise decir que no tuvieran corazón.

—Está bien, todas las preguntas son válidas —dijo Zoe, tratando de terminar la discusión.

Pero Jenna, Kennedy y Hunter se seguían insultando.

—Y nadie es tonto, ¿bien? —dijo Zoe, alzando la voz para que los chicos dejaran de discutir.

Lety sintió pena por Zoe y se sentó derecha para mostrar que estaba prestando atención. Brisa la imitó.

Una vez que la pelea acabó, Zoe retomó su presentación.

—Algunas veces la vida de las personas cambia —dijo Zoe.

Lety miró a Hunter. El chico se había bajado la gorra hasta los ojos y estaba contemplando su dibujo.

—Las personas pierden su empleo, se divorcian o se enferman y, de pronto, se les hace más difícil alimentar a su familia, incluidas sus mascotas —continuó Zoe—. El Equipo de Rescate ayuda a identificar a esas familias. Les brindamos comida y acceso al veterinario hasta que ellos logran mejorar su situación. Es reconfortante dar este tipo de apoyo a nuestra comunidad.

Zoe echó un vistazo por todo el salón para comprobar que el fuego se había calmado. Jenna tenía mala cara y Hunter estaba hundido en su silla, con la gorra casi cubriéndole los ojos. Lety no estaba segura de que ahora fuese el momento de hablar, pero quería agradecerle a Zoe por su trabajo. Sentía que la palabra más importante que había aprendido en inglés era "gracias". La Sra. Camacho siempre decía que se puede decir mucho de una persona por las palabras que quiere aprender en otro idioma. Lety recordaba cuando, estando en tercer grado, un grupo de chicas de quinto se le acercó en el recreo para preguntarle cómo se decía "ugly pig" y "go away" en español. Esa había sido la única vez que aquellas chicas habían hablado con ella. Entonces, en lugar de "cerda fea" y "lárgate", decidió decirles que se decía "guapa" y "buena suerte". Mientras las chicas se alejaban repitiendo las palabras que habían aprendido en español, Lety se preguntó por qué no habían querido aprender expresiones agradables. Si lo único que querían era aprender cosas malas en español, ¿qué decía eso de su carácter o sobre lo que pensaban de los hispanohablantes como ella? Al enseñarles palabras agradables, sentía que había alcanzado una pequeña victoria.

Zoe le dio la palabra a Lety.

—Gracias por ayudar a las familias a conservar sus mascotas —dijo Lety.

—De nada —respondió Zoe, con una sonrisa.

Lety quería decirle más. Quería agradecerle por ayudar a las familias que tenían poco dinero, pero mucho amor. Quería decirle a Zoe y a todo el salón que si su familia llegaba a tener un perro, sería el animal más querido del mundo. Ella sabía que su papá alimentaría al perro antes que a sí mismo. Ya lo había hecho en México con todos los perros callejeros. Y su mamá también amaba a los animales. En México, sus cuadros de perros y gatos causaban sensación entre los turistas europeos. Cada vez que vendía un cuadro, le compraba un taco o un tamal a algún animal callejero. Quería decir todo esto, pero dudaba; y la duda de no ser capaz de expresarse correctamente la mantuvo en silencio.

—No queremos que la falta de dinero sea la causa por la que las familias renuncien a sus mascotas —dijo Zoe—. Eso no resuelve nada.

—Así es —soltó Lety, sorprendiéndose a sí misma.

Brisa y Kennedy sonrieron, también sorprendidas.

—Lo que importa es que quieran a sus mascotas —murmuró Hunter, aún escondido bajo su gorra.

Una ola de murmullos se extendió por el salón. ¿Había hablado Hunter de cariño?

Brisa miró a Lety, incrédula.

—El Sr. Llama Encogida tiene corazón —susurró.

Pero para Lety no era ninguna sorpresa. Había escuchado a Hunter hablar de su perra, Gunner. Había escuchado su tono de voz gentil. Entonces, miró al chico, y él le sonrió.

CAPÍTULO 14

No hagan contacto visual

—¿Listas para enamorarse? —les preguntó Lety a Kennedy y a Brisa.

El perfil de Bandido había sido colgado en la pizarra de anuncios de la recepción, donde las chicas esperaban a que las fueran a buscar.

BANDIDO

¿Listo para enamorarte? Soy un pelicorto doméstico de color negro azabache y ojos azul zafiro. Mis actividades favoritas son perseguir juguetes de plumas, retozar con pelotas de estambre y rodar encima de un periódico.

Antes vivía en una casa, así que sé usar la caja de arena. Mi antigua familia dice que la única razón por la que me dieron en adopción es porque yo los hacía estornudar. ¡Espero no provocarte un achís!

Como un verdadero bandido, robaré tu corazón con mi ronroneo infeccioso. ¡Visítame en el refugio de animales Amiguitos Peludos y llévame hoy mismo a casa!

—Qué bien usaste la palabra "infeccioso" —dijo Kennedy—. ¿Cómo va el perfil de Lorca? ¿Ya lo terminaste?

—Casi —dijo Lety.

Kennedy sonrió de oreja a oreja y se despidió de sus amigas, mientras corría hacia el auto de su mamá.

Normalmente, las chicas se hubieran ido con Kennedy para ir a nadar a la piscina de su barrio, pero la mamá de Brisa las recogería hoy para llevarlas al mercado. Tenía seis meses de embarazo y se le había antojado para el almuerzo un plato boliviano especial llamado "picante de pollo". Mientras Kennedy saltaba al todoterreno blanco de su mamá, Lety vio a Hunter solo afuera, brincando en un pie con la cabeza gacha y las manos en los bolsillos. Esperaba que la mamá de Brisa llegara pronto, para poder decirle adiós a Hunter antes de que se marchara. Pero, justo cuando lo estaba pensando, apareció un auto color café claro.

—Siento llegar tarde, Hunter —gritó la mujer al volante.

Lety se acercó a la ventana de la recepción para ver mejor. En el asiento trasero del auto había dos niños pequeños.

—No pasa nada, abuela —dijo Hunter, abriendo la puerta delantera.

El chico estaba a punto de sentarse cuando la mujer volvió a gritar.

—¡Ay, Hunter! Otra vez dejé abierta la tapa de la gasolina.

—Allá voy —dijo Hunter, y salió del auto para cerrar el tanque de la gasolina—. Ya está.

Lety lo observó acomodarse en el auto. La abuela le agarró la cara y le dio un beso en la mejilla.

—Gracias, mi niño —dijo.

Justo en ese momento, llegó la mamá de Brisa y se estacionó detrás de la abuela de Hunter.

Lety y Brisa salieron corriendo mientras el auto color café se alejaba.

—¡Sorpresa! —gritó Eddie cuando las chicas se montaron—. ¿Las sorprendí?

Lety negó con la cabeza.

—No. Sabía que vendrías. Escuché a mamá hablando por teléfono con la Sra. Quispe esta mañana.

—A mí tampoco me sorprendiste, Eduardo —dijo Brisa, guiñando un ojo—. ¿Viste hoy a la Sra. Camacho?

—La veo todos los días. Hoy trajo la guitarra.

—¿Cantaron? ¿Qué cantaron?

—Cantamos "Esta tierra es nuestra tierra" y otra canción llamada "Hermoso".

—Tengo ganas de cantar —dijo Brisa haciendo una mueca—. Tienes mucha suerte.

—Lo sé —sentenció Eddie.

—Pero tú puedes jugar con los gatos, Brisa —dijo Lety—. Eso es divertido.

—Tienes razón, pero extraño a la Sra. Camacho y su guitarra. Eduardo, cántame "Hermoso", ¡por favor!

—Está bien —dijo Eddie antes de comenzar a cantar con su vocecita.

Después de varias estrofas, la mamá de Brisa le sonrió a través del espejo retrovisor.

—Tienes la voz de un ángel —le dijo.

Eddie se sonrojó, pero siguió cantando. A Lety le

sorprendía que su hermano no fuera tímido y que no le importara cantar canciones sobre ser hermoso.

En el mercado, Eddie y Lety se pusieron a hojear revistas, mientras Brisa y su mamá se detenían en la farmacia. Eddie acababa de tomar una revista llena de crucigramas cuando el vozarrón de un hombre los hizo saltar. Era como si estuviese justo detrás de ellos. Lety y Eddie miraron alrededor, pero la voz furiosa venía de otro lado. Entonces, Lety se percató de que provenía de la farmacia, donde estaban Brisa y la Sra. Quispe.

—¡Están en América! —rugió la voz.

Desde el pasillo, Lety vio a un hombre con una gorra roja de béisbol, gritando detrás de Brisa y su mamá. Eddie también lo vio.

—¿A quién le grita, Lety?

—No lo sé —dijo la chica, y se acercó para ver mejor.

El hombre estaba demasiado cerca de Brisa y su mamá, y le gritaba a la farmacéutica por encima de ellas dos. A Lety no le gustó la forma en que se expresaba y comenzó a caminar hacia donde estaba Brisa, pero su mirada tropezó con la de su amiga, que negaba con la cabeza a manera de advertencia, como diciéndole: "quédate donde estás". Lety se detuvo.

—¡Señor! No puede gritarles de ese modo. Debería... —decía una mujer detrás del mostrador.

—Esto también es con usted. Tiene que hablarles en

inglés —vociferó el hombre—. ¿Por qué las ayuda en español? Esto es América. Les está dando alas.

A Lety le molestó el modo en que el hombre había dicho: "les está dando alas". Había escupido las palabras como si tuvieran mal sabor.

—¡Señor! Voy a tener que llamar al administrador si sigue gritando —dijo la mujer.

La mamá de Brisa se secaba las lágrimas con un pañuelo. Brisa le sujetó la mano, pero se quedaron firmes allí, de cara a la farmacéutica, mientras el hombre revoloteaba tras ellas. Lety recordó lo que el Dr. Villalobos les había dicho de los perros agresivos. Quédense firmes, rígidos. No hagan contacto visual. Miró al suelo de losas color crema con remolinos en gris humo. Eddie se le acercó y le sujetó el brazo con las manos húmedas.

—¿Por qué grita? —preguntó.

—No lo sé —dijo Lety—. Está molesto.

—¿Por qué?

—No hagas contacto visual con él —le susurró a su hermanito.

—Si no saben inglés, apréndanlo o regresen a México, de donde vinieron —continuó gritando el hombre.

De repente, Eddie salió disparado hacia él.

—¡No puede hablarles así a mis amigas! —gritó—. Son de Bolivia, no de México, y están aprendiendo inglés, igual que yo.

—¡Eddie! —gritó Lety, corriendo tras su hermano.

Eddie se había plantado entre el hombre y la mamá de Brisa, pero Lety lo haló rápidamente y lo envolvió en un abrazo. Observó los rasgos del hombre: tenía la cara roja llena de pecas y el cabello castaño, y miraba a la distancia, por encima de ellos. Lety sintió a su hermanito temblar entre sus brazos, y esto la enfadó aún más. El hombre no sería capaz de lastimarlos, ¿o sí? Estaban en un mercado lleno de cientos de personas. Estaban a salvo, ¿no? ¿Acaso no veía que la mamá de Brisa estaba embarazada? Necesitaba una medicina. ¿Por qué les hacía esto?

—Dile, Lety —dijo Eddie, con mala cara, mirando fijamente al hombre.

Brisa finalmente se volteó, pero estaba demasiado asustada como para hablar. Su mamá no paraba de llorar y la mujer detrás del mostrador la consolaba.

—Déjenos en paz —dijo Lety, tratando de que no se le quebrara la voz.

El hombre retrocedió riéndose.

—¡Señor! Voy a tener que pedirle que se marche —dijo otro hombre acercándose. Llevaba un letrerito en la camisa que decía "administrador".

Lety dejó caer los hombros, aliviada. Eddie se retorció entre sus brazos y ella notó que lo estaba apretando con demasiada fuerza. Aflojó el abrazo, pero Eddie no se movió ni un centímetro.

—Usted tiene que decirles a sus empleados que dejen de

hablar español. Estamos en América. No volveré a poner un pie en su tienda.

—Eso será probablemente lo mejor, señor. Le agradecemos que haya comprado aquí en el pasado —dijo el administrador, acompañando al hombre hasta la salida.

Todo había terminado. Lety se sintió mareada, como aquella vez que el balón de fútbol le había golpeado la cabeza. La Sra. Quispe los abrazó a los tres y lloró suavemente mientras la mujer tras el mostrador le ofrecía disculpas. Un grupo de gente pasó cerca y compartió con ellos miradas solidarias.

—¡Qué tipo tan malo! —gritó Eddie, volviéndose hacia su hermana y rodeándola por la cintura con sus brazos flacos—. ¿Por qué se portó así?

Lety se aferró a su hermanito.

—No lo sé, pero ya se fue.

CAPÍTULO 15

Sueños azul oscuro

Durante la cena en casa de Lety, la Sra. Quispe contó el desagradable suceso del mercado. Eddie estaba sentado en el regazo de su papá, con la cabeza recostada sobre su cuello.

—Traté de detenerlo, papá —decía Eddie a cada rato—. Ese tipo era malo.

Lety, sentada en silencio junto a Brisa en el sofá, escuchaba a sus padres hablar, y trataba de comprender por qué aquel hombre estaba tan enojado. El padre de Lety contó la historia de una vez que estaba haciendo la fila en un banco y un hombre lo acusó de colarse frente a él y, aunque era incierto, le dijo horrores. El papá de Lety midió sus palabras, pues sabía que sus hijos lo estaban escuchando. Casi nunca hablaba de la etapa en que vivió solo en Estados Unidos. Siempre le había asegurado a Lety que aquí la gente era amable. Jamás se había quejado. Sin embargo, ahora compartía una historia negativa. Eddie lo escuchó horrorizado.

—¿Cuándo pasó eso, papá? —preguntó.

—No te preocupes, *mijo.*

—Quiero saber —insistió Eddie.

El padre contó que el hombre le había gritado que se fuera del país. Él no sabía defenderse en inglés y nadie dio la cara por él. Se sintió avergonzado y se marchó sin cobrar su cheque. Brisa negó lentamente con la cabeza.

—No voy a regresar al refugio —le dijo a su amiga, suavemente.

—¿Qué? ¿Por qué no?

—Tengo que mejorar mi inglés, en vez de estar haciendo juguetes para gatos.

—Pero te encantan los gatos —dijo Lety.

Una lágrima rodó por la mejilla de Brisa.

—Es verdad. Especialmente Bandido, Chicharito, Wilde, Lorca, Messi, Solo y Sinclair. Todos me gustan. Pero eso no me ayuda. Tengo que ser capaz de hablar inglés como Eddie.

—Pero Brisa...

Brisa volvió a negar con la cabeza.

—Tú hablas inglés tan bien como Eddie.

—No, no es verdad. Quería haber hablado... haberle dicho algo a ese hombre, pero mi mente estaba en blanco.

—Eso es porque tenías miedo. Nosotros también teníamos miedo.

—Eddie pudo hablar en inglés. Y tú también —dijo Brisa.

—Por favor, vuelve al refugio conmigo. No será lo mismo sin ti. Además, dijiste que no debíamos darnos por vencidas. Somos fuertes.

—No es verdad. No lo soy. Saber inglés me hará fuerte. A ti también. Ven a las clases de ELL. Eres mi compañera de pupitre, ¿recuerdas?

—Mis padres pagaron mucho dinero para que yo fuera al refugio. Además, soy la escritora de perfiles.

—Entonces, quédate allí. Yo ya tomé la decisión —replicó Brisa.

Por la manera en que lo dijo, Lety supo que era cierto y que no había nada más que ella pudiera decir. Tragó en seco. No quería estar lejos de su amiga, pero tampoco podía dejar el refugio. No ir con ella le partía el corazón en dos pedazos. Se preguntó si esto era lo que el Dr. Villalobos quiso decir con doler "como el mismísimo demonio".

—Voy a volver a la clase de la Sra. Camacho. Espero que no le importe.

Lety negó con la cabeza. Sabía que a la Sra. Camacho no le importaría tener a Brisa de vuelta por el verano.

—Estará feliz, Brisa. Eres una de sus mejores estudiantes.

—Lo peor es que estaba comenzando a sentirme igual que los demás. Estar en el refugio junto a los otros chicos, haciendo juguetes para los gatitos y... ahora solo quiero volver con mi abuela. La extraño más que nunca. Quiero volver a La Paz. Este lugar nunca será mi casa.

—Lo será, Brisa.

—¿Cómo puedes estar segura?

—Porque estamos juntas aquí.

Brisa le tomó la mano y Lety deseó que nunca se la soltara, pero en el fondo podía sentir cómo su amiga se alejaba.

Esa noche, Lety no pudo dormir. Estaba molesta porque Brisa no regresaría al refugio. Al otro lado de la habitación, Eddie se retorcía en su cama y gimoteaba como los gatitos del refugio cuando tenían miedo. Los gemidos de Eddie se convirtieron en llanto, y su padre entró a la habitación y encendió la luz.

—*Mijo* —susurró el papá, sentándose en el borde de la cama y apartando el cobertor para ver la cara del niño—. ¿*Mijo*, por qué lloras?

—No quiero que la gente me grite.

El papá le secó las lágrimas con sus dedos callosos.

—No llores, Eduardo —dijo—. No llores.

El llanto de Eddie hizo que el corazón de Lety se desmoronara como una tiza en la acera. Estaba acostumbrada a que su hermano siempre se sintiera seguro de sí mismo. Se imaginó tomando una tiza morada y garabateando palabras que lo hicieran sentir mejor. Recordó que la Sra. Camacho había dicho que el inglés de Eddie era mejor porque había comenzado a aprenderlo desde muy pequeño.

—La gente no te grita a ti —dijo Lety, sentándose en la cama de Eddie—. Eres pequeño y tu cerebro es una esponja. Hablas inglés mejor que todos nosotros.

—Es que no quiero que te griten a ti tampoco, ni a mamá, ni a papá, ni a Brisa —gritó Eddie, cubriéndose la cara con las manos—. Ni a la Sra. Quispe. No quiero... —A Eddie se le quebró la voz.

Lety miró a su papá con impotencia, sin saber qué más decir. Entonces, su padre hizo algo inesperado. Agarró una muestra de pintura de la mesita de noche de Eddie y, mientras el chico lloriqueaba, comenzó a leer los colores en inglés.

—Mezclilla oscuro. Azul de Durango. Chaqueta azul.

Eddie apartó las manos de la cara y contempló a su papá con una sonrisa.

—Cielo de Arizona. Noche añil.

—¡Papá! —rio Eddie—. Los pronuncias todos mal.

—¿Qué? Los pronuncio bien, ¿no?

El padre le guiñó un ojo a Lety.

—Noooo —dijo Eddie entre risas.

—Mañana, tú y tu hermana me enseñarán a hablar bien en inglés. Duerme ahora, *mijo*.

—Está bien, pero yo seré el profesor —dijo Eddie, dejándose caer sobre la almohada.

Lety se secó las lágrimas con la sábana mientras su papá arropaba a Eddie. Luego, se acercó a ella y la besó en la frente. Olía a mentol, como esa medicina con la que su mamá se frotaba las manos después de estar varios días pintando armarios. Se preguntó si a su papá le dolían las manos o la espalda. Antes de que apagara la luz y saliera de la habitación, lo llamó.

—¿Papá?

—¿Sí, *mija*?

—¿Estás feliz de que hayamos venido?

Su papá se detuvo en la puerta con una sonrisa fatigada.

—Sí, *mija*. Aquí haremos realidad nuestros sueños y ustedes tendrán una vida mejor.

—¿Aunque algunos no nos quieran?

—Sí, *mija*. Nadie puede frenar los sueños. Buenas noches, mi vida.

—Buenas noches, papá.

Apagó la luz y la habitación quedó a oscuras salvo por un rayito que se colaba por debajo de la puerta, creando una bruma entre las dos camas. Lety analizó el resplandor azul. Le recordaba al fondo de una piscina y le dio nombre, como si fuese otro color en una muestra.

—Sueños azul oscuro —susurró.

Mientras se quedaba dormida, se vio a sí misma, a Brisa, a Eddie y a toda su familia buceando en un océano azul. Nadaban libres de duda, libres de hablar el idioma que quisieran y, aunque sus pies no podían tocar el fondo, no tenían miedo.

CAPÍTULO 16

Buenas y malas noticias

Atravesar la puerta del refugio sin Brisa fue más difícil de lo que Lety imaginó. Deseó toda la noche que su amiga cambiara de opinión, pero la Sra. Quispe lo confirmó al llamar por teléfono en la mañana: Brisa iría a las clases de ELL el resto del verano. Lety sintió un salto en el estómago solo de pensar que pasaría un día entero sin su amiga. En ese momento, Kennedy y Mario se le acercaron corriendo, ansiosos por darle las últimas noticias de la competencia.

—¡Qué día tan genial! —comenzó diciendo Kennedy.

Lety no estaba tan segura; hasta ahora se había sentido terriblemente mal.

—Messi y Chicharito fueron adoptados anoche por uno de los entrenadores del equipo de fútbol de la ciudad —añadió Kennedy.

—Mira —dijo Mario, mostrándole su celular a Lety—. Ya puso fotos en internet.

El chico mostró la pantalla con una foto del entrenador y su familia con los dos gatos. El pie de foto decía: "¡Gol! Ahora nuestra familia está completa".

Lety miró la foto, luego a Kennedy y a Mario. Viéndolos así, tan emocionados, tuvo la impresión de que la competencia era más importante para ellos que para Hunter y ella.

—Ahora están cuatro a dos —dijo Kennedy—. Finalmente te estás acercando.

—¿Acercándose? Está a tres mascotas de la victoria. A Hunter le falta una sola adopción para ganar —dijo Mario—. Parece que pronto estarás cargando comida para perros, Lety.

Kennedy le dio al chico un codazo que lo hizo retroceder y frotarse las costillas.

—La competencia no termina hasta que suene la campana —gritó Kennedy.

—¿Qué campana? —preguntó Lety.

—Es una expresión —dijo Kennedy, y miró alrededor—. Espera un momento, ¿dónde está Brisa?

—No viene —respondió Lety—. Decidió ir a la escuela de verano.

—¿Qué? ¿Por qué? Hoy vamos a hacer paletas de atún para los gatos.

Lety no estaba segura si debía contarle a Kennedy lo ocurrido en el mercado. Rememorarlo significaba recordar a su hermano y a la Sra. Quispe llorando, y repetir las horribles palabras de aquel hombre.

—No entiendo —dijo Kennedy—. Ella tenía ganas de hacer paletas de atún. ¿Dio alguna razón? ¿Debería llamarla?

Lety negó con la cabeza.

—Nada la hará cambiar de opinión.

—¿Qué pasó?

Kennedy seguiría insistiendo hasta saber por qué Brisa no había venido, así que Lety la arrastró hasta el cuarto donde se lavaba la ropa y le contó la historia.

—El hombre repetía una y otra vez que estábamos en América y que teníamos que hablar inglés.

—¡Qué abusón! —dijo Kennedy entre dientes—. ¿Le preguntaste a qué América se refería? ¿Del Sur o del Norte? Porque la familia de Brisa es de América del Sur, y México es parte de América del Norte, así que, ¿qué quería decir con que en América todos deberían hablar inglés? ¿Le preguntaste?

—No me dejó. Gritaba todo el tiempo —respondió Lety—. Eddie estaba furioso. Anoche casi no pudo dormir.

—¡Oh, no! —dijo Kennedy negando con la cabeza, furiosa—. ¡Pobre Eddie! Me gustaría darle un puñetazo a ese abusón.

Lety sonrió al imaginar a Kennedy peleando con el hombre.

—De verdad, me gustaría darle una bofetada y decirle: "Oye, grandulón, ¡aprende geografía! ¡Y cállate la boca!".

Lety soltó una carcajada al oír a su amiga.

—Lo digo en serio, Lety.

—Te creo.

—¡Qué abusón!

—Tranquila, Kennedy —dijo Lety, abrazándola—. No te vuelvas un caniche enloquecido conmigo.

Kennedy rio y se abanicó para tranquilizarse.

—¿Qué vamos a hacer? Brisa tiene que volver.

—Lo sé.

—Esto es tan espantoso que no quiero darte más malas noticias —dijo Kennedy, cubriéndose la boca, temerosa.

Lety cerró los ojos un segundo. No estaba de humor para más malas noticias, pero respiró profundo.

—Dime, ¿qué pasa?

Kennedy sacó el iPad de su bolso.

—Ya publicaron el perfil de Hunter sobre Brooks. Usó la palabra que le diste: "fucsia". Y le quedó genial, así que...

Lety tomó el iPad. En la parte superior de la pantalla había una foto de la gata blanca y negra, asomándose por detrás de un jarrón de flores.

BROOKS

Soy una gata bicolor vestida para cada ocasión. Me gusta contemplar el atardecer desde la comodidad de mi ventana, mientras el cielo se pone color fucsia y el sol se pierde en el horizonte. Tras el ocaso, me gusta pasear lentamente por el laberinto para gatos. ¡Antes de dormir, un buen plato de leche y un bocado de atún son la merienda perfecta! Busco una familia a la que le gusten los atardeceres, acurrucarse y las cosas buenas de la vida. ¿Será la tuya? ¡Visítame hoy en el refugio de animales Amiguitos Peludos!

—Es genial —dijo Lety—. Hunter merece ser el escritor del refugio.

—Tú también —afirmó Kennedy—. ¿Qué hay del perfil de Lorca? ¿Ya lo hiciste? Aún tienes oportunidad de ganar.

Lety sacó su cuaderno.

—Estoy en ello —dijo, y salió corriendo hacia el salón de los gatos.

¡Planeaba escribir el mejor perfil de todos para honrar a Eddie, a Brisa y a todos los estudiantes de inglés del planeta!

CAPÍTULO 17

Primer borrador

Lety encontró a Lorca holgazaneando sobre el estante más alto del salón de los gatos, contemplando las jaulas desde allá arriba. Sus ojos dorados eran tan grandes como girasoles y titilaban como si fueran de purpurina.

—Lorca se cree que es un león —dijo Kennedy, sacando a un gatito llamado Kiwi de su jaula—. El Dr. Villalobos dice que se acuesta ahí para vigilarnos. Creo que nos juzga en silencio.

—¿Cómo se sube allí arriba? —preguntó Lety, mirando por todo el salón tratando de ver por dónde se subía Lorca.

—Salta desde las jaulas. Él es el único al que el Dr. Villalobos le permite vagabundear. Se siente tan libre como un león en el África subsahariana, y no molesta a nadie. Es tranquilo —dijo Kennedy—. Deberías escribir eso en el perfil.

—¿Y su nombre? ¿Sabes de dónde proviene?

—Ni idea —dijo Kennedy, negando con la cabeza.

Lety tomó algunas notas y comenzó a escribir lo que esperaba que fuera su mejor perfil hasta el momento.

En cuanto llegó a casa, llamó a Brisa. Quería saber cómo le había ido en el salón de ELL y de paso leerle el perfil de Lorca.

—Es solo un primer borrador —le explicó.

—Léemelo.

Lorca (primer borrador)

¿Un león? ¿Un tigre? ¡No, soy Lorca! ¡Soy un gato dorado con el pelaje esponjoso, al que le encanta trepar y saltar! Aquí en el refugio, vago por todas partes cuidando a los gatitos en la clínica. Todos dicen que soy el rey de los gatos porque soy leal y valiente. ¿Te unirías

a mi reino? ¡Visítame hoy en el refugio de animales
Amiguitos Peludos!

—Es muy bueno —dijo Brisa—. Me gusta esa palabra,
"esponjoso". Es una de esas palabras que suena como lo que
es, ¿sabes?

Lety rio.

—Tienes razón. Pero aún tengo que usar "supersónico" y
no sé qué significa el nombre de Lorca.

—Yo lo sé —dijo Brisa—. Lorca es un poeta español que
vivió hace mucho tiempo. Mi mamá tiene un par de libros
suyos en casa porque ella era profesora en La Paz. Estudiaba
todos los poetas: José Martí, Pablo Neruda, Octavio Paz, Sor
Juana Inés. Todos ellos.

Lety miró el perfil de Lorca.

—Tengo que revisarlo.

—¿Por qué? Está bien.

—Si Lorca se llama así por un poeta, entonces voy a
escribir un poema. ¿Qué te parece?

—¿Buscarás una palabra que rime con "supersónico"?
Tal vez "crónico"... ¡Espera! ¿Existe esa palabra? Creo que la
inventé.

—"Crónico" es una palabra real, Brisa —dijo Lety,
riendo—. No sé si me sirva, pero la tendré en cuenta.

—¿Nadie preguntó por mí hoy en el refugio? —dijo

Brisa, con una vocecita que a Lety le recordó a un cachorro pidiendo un abrazo.

—Todo el mundo.

—¿Les dijiste por qué no había ido?

—Le conté a Kennedy.

—¿Y qué dijo?

—Se puso furiosa. Dijo que ese hombre era un abusón y que le habría preguntado a qué América se refería. ¿A América del Sur? ¿A América del Norte? Hasta quería darle una bofetada.

Lety rio recordando a Kennedy, pero Brisa no dijo nada.

—¿Brisa? —dijo Lety, preocupada.

—Anoche no me podía dormir pensando en las cosas que hubiera querido decirle a ese hombre —dijo—. ¡Yo hablo dos idiomas y él solo uno! Pero ambos idiomas me fallaron... —La voz de la chica se apagó, pero luego se alzó como un tsunami—. Como si no supiéramos que tenemos que aprender inglés. ¿Qué cree que estamos haciendo? ¿Acaso piensa que uno puede aprender en un día? Es un ignorante. Todos los días tenemos que aprender a acomodar la lengua, a ocultar nuestro acento, a practicar sonidos en clase... No tiene idea de todo lo que hacemos para hablar inglés.

—Y ni siquiera se molestó en preguntar —dijo Lety.

—¡Exacto! Solo gritaba —añadió Brisa—. Nos gritó a mí y a mi mamá, que está embarazada.

—Lo sé.

—Hoy tenía tanto sueño que cabeceé varias veces mientras la Sra. Camacho leía un cuento —contó Brisa, y soltó una risa nerviosa—. Nos mandó de tarea hacer la reseña de un libro. No he leído un solo libro en todo el verano. Necesito hallar algo que leer.

—Puedo ayudarte a buscar uno.

—Gracias, pero no puedo seguir dependiendo de ti.

Lety sintió que un viento fuerte la sacudía y se llevaba a Brisa muy lejos, como una nube que se pierde en el cielo.

—Lo siento, pero es que no siempre estaremos juntas —dijo Brisa—. No siempre seremos compañeras de pupitre. Ahora lo sé y tengo que empezar a hacer las cosas por mi cuenta. No te enojes. ¿Te molestaste?

—No —respondió Lety; respiró profundo y deseó que aquel hombre nunca hubiera aparecido. ¿Qué le daba el derecho de gritarles? Por su culpa, ahora sentía que un muro gigante se alzaba entre ella y su amiga. Estaba enojada, pero no con Brisa—. Solo estoy un poco triste.

—No estés triste. ¿Puedes hacerme el favor de darles un beso a los gatos de mi parte?

—¿A todos?

—¡Sí, bésalos a todos! —Brisa soltó una risita pícara—. Y apúrate para que le ganes a Hunter. Tú mereces ser la escritora de perfiles del refugio.

Antes de irse a dormir, Lety había transformado el perfil

de Lorca en un poema de menos de cien palabras, corto y tierno, como le gustaban al Dr. Villalobos. Lo leyó en voz alta para su familia.

—Si no lo entienden, lo puedo traducir —dijo Eddie, sacando un cuaderno amarillo—. La Sra. Camacho dice que soy buen traductor.

La chica se puso de pie junto a la mesa y comenzó a leer.

LORCA

Soy un gato atigrado con el corazón de un rey.
Desde lo alto del cuarto dispongo mi ley.
Mis ojos curiosos ven a todos pasar.
Vienen buscando gatos, mas no saben buscar.
Como un haz supersónico saltaré alrededor.
¡Y de todos los gatos yo seré el vencedor!
Soy un leal amigo, siempre presto a abrazarte.
De mi orgullo felino quiero que seas parte.
Mi pelaje es dorado, ¡pero mi alma brilla más!
¡Seré tuyo y tú mío, por siempre jamás!

Sus padres aplaudieron, entusiasmados. Eddie se puso de pie y estiró las manos para agarrar el papel.

—¡Quiero leerlo! ¿Puedo leerlo?

Lety le pasó el poema.

Eddie se aclaró la garganta y leyó, haciendo una pausa cada vez que encontraba una palabra que no conocía. Cuando llegó a la última línea, añadió un rugido que hizo reír a todos. Mientras sus padres abrazaban a Eddie, a Lety se le ocurrió una idea.

—Eddie, ¿comprendiste todas las palabras?

El chico se encogió de hombros.

—Algunas. No conocía "supersónico", pero supongo que significa rápido.

—Rápido como la velocidad del sonido.

—¡Vaya! Eso es lo más rápido.

—¿Te gusta leer en voz alta?

Eddie miró a Lety y luego a sus padres.

—Lo hacemos en la escuela, pero esto fue más divertido porque no era una historia aburrida.

Lety sintió algo cálido en el pecho. Le dio un beso a su hermano en la cabeza.

—¡Me acabas de dar una idea!

Más tarde, mientras Eddie dormía en su cama, Lety seguía despierta con la lámpara de su mesita de noche encendida. No podía sacarse de la cabeza lo que se le había ocurrido: "¿Y si los estudiantes del programa ELL, como su hermano y Brisa, pudieran ir al refugio a leerles a los perros y gatos?". Los perros necesitaban compañía. A los gatos les encantaría la atención. Brisa podría regresar al refugio, pasar un tiempo con sus queridos felinos y mejorar su inglés al mismo tiempo. La chica recostó la cabeza sobre la almohada. Solo había que convencer a dos personas. ¿Le gustaría la idea al Dr. Villalobos? ¿Aceptaría la Sra. Camacho? Entonces se quedó dormida, convencida de que valía la pena intentarlo.

CAPÍTULO 18

Un barril de comida para perros

Tan pronto como Lety llegó al refugio, copió el perfil de Lorca y se lo envió por correo electrónico al Dr. Villalobos para que lo revisara. Esperaba que le gustara tanto que, cuando ella fuera a verlo más tarde, apoyara su idea. Esa mañana, había repasado sus dos mejores argumentos: que los estudiantes del programa ELL les leyeran a las mascotas ayudaría a gatos y perros a socializar, y también podría atraer más gente al refugio. Estaba preparada para, de ser necesario, hacerle una demostración al Dr. Villalobos leyéndoles algo a los gatitos recién esterilizados. Confiaba en que podría convencerlo.

Estaba en camino a la oficina del doctor cuando vio a Hunter y a Mario chocando palmas en el pasillo. Hunter sonreía y se veía más feliz que de costumbre. Lety se detuvo, pero en cuanto Hunter la vio, desapareció su sonrisa, mientras que Mario continuó sonriendo de oreja a oreja.

—¡La competencia ha terminado! ¡Hunter es el ganador! —gritó Mario.

Lety dejó caer los hombros. Frunció el ceño y recordó que, si él había ganado, eso significaba que Brooks, la elegante gata bicolor, había encontrado un hogar. Era una noticia excelente, excepto que ahora ella no podría escribir más perfiles.

—¿Adoptaron a Brooks? —preguntó.

Los dos chicos asintieron.

—¡Sí! —dijo Mario—. Perdiste.

—Pero no tienes que cargar comida para perros en el almacén —dijo Hunter.

—Claro que sí —dijo Mario, alarmado, volteándose hacia su amigo—. Ese era el trato. Ella estuvo de acuerdo.

—Lo sé, pero las cosas han cambiado —dijo Hunter.

—¿Qué ha cambiado? —preguntó Mario.

—Todo —la voz de Alma retumbó mientras se acercaba por detrás de Mario y Hunter, acompañada del Dr. Villalobos y Kennedy. Los tres debían de haber escuchado la conversación.

—¿Te fuiste de lengua? —le preguntó Mario a Kennedy. La chica puso los ojos en blanco.

—Ella no hizo nada —dijo el Dr. Villalobos, con voz amable—. Hunter y Lety, ¿podrían venir conmigo a la clínica para conversar?

Lety se sintió acalorada otra vez. Quería gritar, pero se le hizo un nudo en la garganta tan grueso como una soga. Casi no podía respirar, mucho menos gritar. Hunter no lucía mucho mejor. Ambos caminaron cabizbajos tras el Dr. Villalobos en dirección a la clínica.

Dentro de la oficina estaba Pinchos, acurrucado sobre la silla del doctor. El perro alzó la cabeza y ladró al verlos entrar.

—¡Pinchos está aquí! —dijo Lety, y corrió hasta él y le dio varios besos en el hocico.

Pinchos respondió lamiéndole la cara.

—¡Qué perrito tan dulce!

Lety estaba tan feliz de ver a Pinchos que casi olvida la razón por la que estaba en esa oficina. El Dr. Villalobos buscó dos sillas. Pinchos siguió a Lety mientras ella se sentaba al lado de Hunter. El perrito se acostó a los pies de la chica y comenzó a mordisquear el cordón de uno de sus zapatos hasta que el Dr. Villalobos le llamó la atención con un silbido.

El doctor se recostó en su escritorio.

—¿Quién quiere ser el primero en contarme sobre la competencia? —preguntó.

Lety comenzó a pensar qué debía decir, cómo podría disculparse. Puso su mente a todo motor buscando las palabras adecuadas y organizándolas, pero el Dr. Villalobos tomó su silencio por una negativa y comenzó a hablar.

—Está bien. Les diré lo que sé y ustedes me rectifican si me equivoco. Ambos querían ser escritores del refugio, pero no querían trabajar juntos, así que, en lugar de enfocarse en ayudar a las mascotas, crearon una competencia —dijo—. Hasta ahora voy bien, ¿no?

Los chicos asintieron.

—Por alguna razón —continuó diciendo—, decidieron que en los perfiles que escribirían utilizarían palabras sofisticadas como "bullicioso", "supersónico", "colosal" y, mi nueva palabra favorita para describir los atardeceres, "¡fucsia!".

Hunter le lanzó una mirada incrédula a Lety.

—¿Voy bien? Díganme si me equivoco.

Lety asintió.

—Entonces estoy sobre la pista correcta —dijo el doctor—. Lo que aún no he logrado comprender, y Kennedy no quiso decirme, es para qué era la competencia. ¿Qué conseguía el ganador?

Hunter se removió en la silla y volvió a mirar a Lety.

—Puedo explicarle, ¿te parece bien? —dijo.

Lety sintió alivio de que él fuera el primero en hablar, porque el nudo en su garganta no parecía aflojarse. Por un segundo, sin embargo, le preocupó que el chico la culpara de todo. No estaba segura de poder confiar en él.

—El ganador se quedaría como el único escritor de perfiles del refugio, y el perdedor se uniría a los héroes del almacén guardando comida de perro en las bolsas.

El Dr. Villalobos cerró los ojos y asintió como si todo encajara por fin.

—Aclárenme una cosa —comenzó diciendo—. ¿Qué significaban para ustedes los animales del refugio en esta competencia?

Dejó la pregunta flotando en el aire. Lety quería decirle que los animales eran lo más importante. Ni siquiera había querido competir, solo ansiaba tener la oportunidad de ser escritora del refugio. Se preocupaba por los animales y se alegraba incluso cuando adoptaban a uno de los perros o gatos sobre los que había escrito Hunter.

—En verdad fui yo, señor —dijo el chico.

Lety no podía creer lo que acababa de escuchar. Hunter se echaba toda la culpa.

—No quería que nadie más escribiera los perfiles. Tampoco

creía que ella pudiera escribir muy bien. La obligué a competir porque pensé que podía ganarle.

—No lo entiendo. ¿Por qué pensaste que ella no podría escribir muy bien?

Hunter se encogió de hombros. La chica conocía bien ese gesto. No significaba que no le importara, sino que no quería decir algo que pudiera herirla.

—Es porque aún estoy aprendiendo inglés en la escuela. Llevo tres años aquí —dijo ella.

—¿De verdad? No tenía ni idea —dijo el Dr. Villalobos, con una voz tan tierna como los bigotes de un gatito—. Escribes tan bien como nuestra primera escritora del refugio. He encontrado algunas faltas de ortografía, pero eso es todo.

El doctor volvió la vista a Hunter.

—Te demostró que estabas equivocado, ¿verdad?

El chico asintió.

—Sí, señor. —Entonces volvió la vista a Lety—. Estaba equivocado. Lo siento.

Lety sintió que el corazón le quería explotar de alegría. Hunter Farmer se había disculpado con ella sin que un adulto lo obligara a hacerlo. El Dr. Villalobos la vio sonreír y sonrió también.

—Realmente me recuerdas a Gaby —le dijo, frotándose el mentón—. Era una fantástica escritora y enseguida hacía buenas migas con los animales. Era una guerrera, como tú.

Apuesto a que querías tener la oportunidad de demostrar que podías hacerlo, ¿no es cierto?

El nudo en la garganta de Lety se aflojó y sus ojos se inundaron de lágrimas. Era agradable que alguien la comprendiera, especialmente el Dr. Villalobos. Dejó escapar un suspiro y Pinchos saltó sobre su regazo. El perro le lamió la barbilla un par de veces y se acomodó sobre ella, como queriendo demostrarle su apoyo.

—Vaya —dijo el Dr. Villalobos—. Pinchos no quiere que estés triste. Yo tampoco. Creo que ahora lo comprendo todo.

Lety se secó una lágrima que corría por su mejilla y le dio un beso a Pinchos en una oreja. El Dr. Villalobos bajó la vista por un largo rato. La chica lo observó, preguntándose si estaría tratando de decidir un castigo.

—Por favor, no nos eche como hizo con Gaby —soltó Lety de sopetón—. Me gusta mucho escribir sobre los animales.

—Yo tampoco quiero que me echen. Mi abuela pagó mucho dinero por este campamento —dijo Hunter.

—¿Cómo? ¿Qué? ¿Quién dijo eso? —preguntó el Dr. Villalobos.

—Uno de los chicos —explicó Hunter.

El Dr. Villalobos negó con la cabeza.

—Por eso no vino de voluntaria este verano, ¿no es cierto? —añadió Hunter.

—No echaría a nadie a menos que estuviera haciéndoles daño a los animales —dijo el Dr. Villalobos—. Gaby amaba a los animales. Se hacía amiga de todos. Para ella no eran un juego o una competencia.

Lety se sintió un poco culpable. Quería decirle al Dr. Villalobos que Pinchos tampoco era un juego ni una competencia para ella.

—Gaby tomó la decisión equivocada. Fue un malentendido. Pensó que estaba salvándole la vida a un gato. No está aquí este verano porque fue a visitar a su mamá. Nunca la echaría, como tampoco los voy a echar a ustedes —dijo el doctor.

Hunter soltó un suspiro, como si hubiera estado aguantando la respiración durante mucho tiempo. Lety se sintió aliviada y el nudo en su garganta desapareció.

—Tengo que asegurarme de que pueden trabajar juntos y que están aquí para ayudar a los animales. Nuestras mascotas no son para competir. Necesitan familias y hogares reales.

—Lo siento, Dr. Villalobos. Quiero ayudar a los animales a encontrar un hogar. Lo juro —dijo Lety y, al decir la verdad, sintió que una brisa refrescaba su rostro acalorado. Esperaba que el doctor le creyera.

Pinchos alzó la cabeza para mirarla con sus ojos marrones y le ladró como diciendo que le creía de corazón. El Dr. Villalobos sonrió.

—Pinchos y yo te creemos —dijo—. Pero, para asegurarme de que ambos aprendieron la lección, van a ayudar en el almacén. Mario y Kennedy se les unirán más tarde, en cuanto hable con ellos.

—Pero fui solo yo —suplicó Hunter—. Realmente fui yo y nadie más.

—Mario y Kennedy estuvieron tan implicados como ustedes. Ambos se les unirán. Pronto será el Festival de la Comunidad de Colas y Bigotes y regalaremos quinientas bolsas de comida para mascotas. Ayudarán en ese proyecto durante el tiempo que les queda aquí. Y todavía necesito más perfiles. Por favor, comiencen a escribir sobre Lobo y Ailis. ¿De acuerdo?

Los chicos asintieron.

—Y olvídense de las palabras rebuscadas. Concéntrense en escribir perfiles maravillosos. Nuestros amiguitos peludos se los merecen. Ahora vayan directo al almacén. Allí los están esperando.

La chica abrazó a Pinchos y lo besó una vez más. Luego, lo puso en el suelo y se dio la vuelta para marcharse con Hunter, aliviada de que no los hubieran echado.

—Lety —la llamó el Dr. Villalobos—, el perfil de Lorca es el mejor que has escrito hasta el momento.

—Gracias —dijo la chica, mirando a Pinchos.

Deseaba que el Dr. Villalobos se diera cuenta de que, a pesar de la competencia, podría ser la dueña que Pinchos necesitaba.

—¿Encontraste la manera de usar "supersónico"? —le preguntó Hunter cuando salieron de la clínica.

Lety asintió.

—Me equivoqué contigo —dijo Hunter, negando con la cabeza—. Estaba muy equivocado.

Lety no supo qué responder, así que no dijo ni media palabra camino al almacén.

CAPÍTULO 19

Perdida

Mientras los otros chicos disfrutaban de una exhibición de perros policías, Lety y Hunter permanecían junto a un enorme barril de comida seca para perros. Ambos llevaban delantales y guantes amarillos de caucho demasiado grandes para ellos. Trabajaban deprisa y apenas hablaban. El único sonido que se escuchaba en el almacén era el ruido de la comida cayendo en las bolsas de plástico.

Lety no estaba segura de cómo habían quedado las cosas con Hunter. Todavía no podía creer que se hubiera disculpado, pero ahora ni siquiera la miraba. Se preguntó si se sentiría culpable, como él mismo dijo, por equivocarse con ella. Quería romper el silencio, pero no sabía cómo. La última vez que le había dicho más de diez palabras seguidas fue cuando habló de su perra, Gunner. Sin embargo, Lety sabía que, por alguna razón, ese era un tema triste para él. Dudaba si debía o no mencionarlo. Recordó el día que lo vio afuera del refugio esperando a que lo pasaran a buscar.

—¿Vives con tu abuela? —preguntó.

—Vivo con ella ahora —dijo Hunter.

—¿No vivías con ella antes?

Hunter se encogió de hombros y permaneció en silencio por unos segundos.

—Mis padres se divorciaron. Mi mamá, mis hermanitos y yo vinimos a vivir con mi abuela, porque mi papá se negó a dejarnos la casa.

Lety se quedó boquiabierta.

—Lo siento. Eso suena terrible.

—Es terrible... y se está poniendo peor —dijo Hunter, frunciendo el ceño.

—¿Qué quieres decir?

—Mi papá está haciendo lo mismo de siempre —continuó, encogiéndose de hombros otra vez—. Se quedó con Gunner porque estaba enfadado con mi mamá. Entonces, hace dos semanas, se la dio a mi tío Steve, que vive en Wichita. No me dijo nada. Dijo que estaba cansado de que mi mamá le pidiera que nos devolviera la perra, y que sería mejor para todos si él simplemente se la daba a otra persona porque nosotros no tenemos dinero; pero él es la estúpida razón por la que ya no tenemos dinero. Y yo ni siquiera... —La voz de Hunter se fue apagando y el chico volvió a encogerse de hombros.

Lety encajó la cuchara en la comida para perros.

—¿Tú ni siquiera qué?

—Yo ni siquiera pude despedirme de Gunner.

—Qué pena. ¿Y no tienes manera de recuperarla?

—No lo sé.

—¿Por qué? Es tu perra. Tienes que recuperarla.

—Lo sé, pero mi abuela llamó a mi tío para que nos devolviera a Gunner y él le dijo que la había llevado a un refugio. Dijo que estaba rompiendo cosas en su casa. —Hunter negó con la cabeza una y otra vez, como si quisiera deshacerse del recuerdo de esa conversación—. La cosa es que Gunner jamás rompió nada en nuestra casa. Es una buena perra. Pienso que simplemente no quería estar con mi tío. Quería estar con nosotros.

—Te extraña —añadió Lety—. Por eso actuó así.

Hunter asintió.

—Seguramente eso fue lo que ocurrió. De cualquier modo, mi tío dice que no recuerda el nombre del refugio, así

138

que mi abuela está llamando a tantos refugios como puede durante los descansos en su trabajo. Y mi mamá también, pero hay un montón de refugios en Wichita.

Lety buscó las palabras adecuadas para consolar a Hunter. Su historia le había estrujado el corazón. Era lo peor que había escuchado jamás. Se sintió casi tan mal como cuando el hombre les gritó en el mercado.

—Por eso es que mirabas a Sawyer. Extrañas a tu perra.

—Todos los días... —dijo Hunter, y se sonrojó—. Pienso en ella cada mañana y cada noche porque solía dormir en mi cama conmigo. Antes de acostarme, les leía un cuento a ella y a mis hermanitos. Le decía: "Gunner, escoge un libro". Y ella agarraba un libro del estante con la boca y me lo traía. A mi mamá la volvía loca, pero era súper inteligente.

La chica se preguntó si esa era la razón por la que Hunter escribía tan bien. Todas las noches leía un libro.

—Cada vez que me levanto y pienso en ella, me pregunto si ella piensa en mí. ¿Crees que los perros también piensan en uno?

—Sí, lo creo —respondió Lety, y las lágrimas inundaron sus ojos solo de pensar en que Gunner estaba lejos... tal vez en una jaula de algún refugio de Wichita... preguntándose cuándo aparecería Hunter para llevársela a casa—. Apuesto a que Gunner piensa en ti y sonríe a su manera. ¿Has visto cómo los perros parecen reír a veces cuando abren la boca?

—Oh, sí. Ella hacía eso todo el tiempo —dijo Hunter.

—Apuesto a que eso es lo que está haciendo ahora mismo en el refugio. Sabe que la estás buscando y sonríe.

Hunter permaneció en silencio.

—Eso espero —dijo, finalmente—. De cualquier modo, es por eso que estoy aquí. Mi abuela me apuntó en el campamento para que ocupara la mente en otra cosa. Y sé que suena mal, pero la competencia contigo me ayudó de alguna manera.

—Comprendo —dijo Lety, asintiendo.

—Sé que me equivoqué. Lo sé. Mi mamá y mi abuela dicen que últimamente me comporto como un idiota.

Lety soltó una carcajada, sorprendida de que el chico aceptara que lo llamaran idiota.

—Y he estado pensando... —continuó diciendo Hunter—, que tú deberías escribir todos los perfiles a partir de ahora. Los tuyos son mejores que los míos.

La chica se quedó boquiabierta.

—Lo digo en serio —dijo Hunter con una risita.

—Yo he pensado que los tuyos son mejores. Casi me doy por vencida cuando leí tu perfil de Canela.

—De ningún modo. —Hunter negó con la cabeza—. El perfil de Chicharito era realmente bueno. Sobre todo por la manera en que lo relacionaste con el fútbol. A Mario le encantó, pero él no te lo va a decir.

—Gracias —dijo Lety, deseando que Kennedy y Brisa estuviesen allí, escuchando la conversación—. A mí me gustaron tus perfiles de Canela y Brooks. Esos son mis favoritos.

—Entonces, ¿qué hacemos?

—¿No podemos escribir los dos? Yo puedo escribir el de Ailis, la *poodle*, y tú el de Lobo.

—Por mí, no hay problema. Tengo ganas de ver qué se te ocurre ahora.

—Veo barriles y barriles de comida para perros. Eso es lo que se me ocurre ahora.

Hunter rio.

—Tengo una idea para otro proyecto aquí en el refugio. ¿Quieres que te la cuente? —dijo Lety.

—Seguro.

Lety se inclinó sobre la cubeta. Nunca se imaginó que un barril de comida para perros con sabor a carne de res pudiera unirla a este chico. Pasó el resto de la mañana contándole a Hunter el terrible suceso del mercado, su idea para que Brisa regresara al refugio y cómo pensaba ayudar a todos los amiguitos peludos a encontrar un hogar. Cuando terminó, Hunter dijo que la ayudaría... si ella quería.

Y Lety quería.

CAPíTULO 20

La gran idea de Lety

Al día siguiente, Hunter y Lety se enfrentaban a otro barril lleno de comida para perros cuando, de repente, Kennedy y Mario aparecieron en el almacén con delantales y guantes de caucho demasiado grandes para ellos.

—¡El pelo me va a apestar! —protestó Kennedy—. Esto es asqueroso.

—Puedes usar un gorro de baño —dijo Hunter, sacando un gorro transparente del bolsillo de su delantal.

Lety rio porque sabía que a Kennedy no le gustaría la idea.

—Sí, claro —gruñó Kennedy, recogiendo su largo pelo ondulado en una cola de caballo.

Tras unos pocos segundos observando cómo Lety llenaba las bolsas de comida y luego las amarraba, Kennedy comenzó a trabajar con tantas ganas como si hubiese oro en el fondo del barril.

—Esto no es una competencia, Kennedy —dijo Hunter.

—¿Qué? —preguntó la chica—. Hablando de competencias... Mario y yo conversamos con el Dr. Villalobos y pensamos que te debemos una disculpa, Lety.

—¿Por qué? —dijo Lety, mirando a Kennedy y a Mario, mientras llenaba otra bolsa y la amarraba.

—Me enloquecí un poco con la competencia porque todavía estaba enojada con Mario. No debí haberte alentado. Sabes cómo soy. Solo quería que Mario y Hunter se callaran la boca.

—¡Qué bonito vocabulario! —se burló Mario.

Lety le sonrió a su mejor amiga.

—Está bien. Sé cómo eres.

—Kennedy me guarda rencor. Aún está enojada por el juego de fútbol del año pasado, cuando tocó el balón con la mano para anotar un gol y yo la delaté.

—Lo que tú digas, Mario —dijo Kennedy—. Aun así, ganamos dos a uno.

—Debió haber terminado uno a uno. De cualquier modo, la competencia fue idea mía, así que también quiero disculparme. Mi intención era ayudar a mi amigo porque él quería ser el único escritor de perfiles del refugio. Lo siento, Lety. Me merezco una tarjeta amarilla.

—Más bien una tarjeta roja —añadió Kennedy.

Lety bajó la vista hacia la comida para perros. No sabía qué hacer con tantas disculpas. En inglés había muchas maneras de pedir disculpas. Si necesitaba abrirse paso entre una multitud en la escuela, podía decir: *"Excuse me"*. Si no comprendía a alguien y necesitaba que le hablaran más despacio, usaría: *"Pardon me?"*. Y, si hería los sentimientos de alguien, siempre podía decir: *"I'm sorry"*. La mejor parte de decir *"I'm sorry"* o "lo siento", era que casi siempre iba acompañada de otra palabra que a ella le gustaba: *"forgive"*, que en español quiere decir "perdón". Y perdonar significaba seguir adelante con sus amigos Kennedy, Mario y Hunter. Solo deseó que Brisa estuviese junto a ellos y escuchara todo eso.

—Los perdono —dijo.

—Pero eso no es todo —agregó Hunter.

—¿Vas a decírselo? —preguntó Mario, negando con la cabeza—. Esto se va a poner feo —añadió, y se acercó a Hunter.

—¿Qué? —preguntó Lety—. ¿Qué más?

—Estábamos en casa de Mario jugando videojuegos cuando se nos ocurrió la idea de retarte a utilizar todas esas estúpidas palabras, aunque eso no era parte del acuerdo. Cambiamos las...

—¡Lo sabía! —dijo Kennedy, sosteniendo su cuchara de metal de forma amenazadora—. ¡Ustedes cambiaron las reglas!

—Somos culpables, su señoría —admitió Mario—. Eso es un penal de seguro.

—¡Puf! —soltó Kennedy, molesta, y encajó la cuchara en el barril.

—Yo sabía que habían cambiado las reglas —dijo Lety—. Les seguí la corriente porque quería ganar con todas las de la ley, sin ayuda.

—Es mi culpa —dijo Hunter—. Me entusiasmé demasiado con la competencia. Dice mi mamá que si no me porto mejor, Gunner no querrá venir a casa conmigo. —A Hunter se le quebró la voz.

Kennedy y Mario se le quedaron mirando, con las cucharas a medio llenar.

—Socio, ¿estás bien? —le preguntó Mario a Hunter.

El chico de la gorra se encogió de hombros.

Lety recordó cada comentario ofensivo que Hunter le había hecho y lo anotó en su mente. Borró uno por uno cada insulto y lo sustituyó por los gestos amables que había tenido luego con ella: cuando le sonrió tras la presentación del Equipo de Rescate, cuando se disculpó frente al

Dr. Villalobos, cuando la defendió frente a Mario y, ahora, cuando la ayudaría con su nueva idea.

—Te perdono, Hunter —dijo, finalmente—. Otra vez.

Una sonrisa se dibujó en el rostro de Hunter.

—Voy a ayudar a que Brisa regrese al refugio. Si no quiero que la gente se comporte de manera idiota contigo y con Brisa, debería dar el ejemplo.

—Vaya —dijo Kennedy—. Eso es tener... madurez.

—Dijiste que a tu perra la habían llevado a un refugio en Wichita, ¿no es cierto? —preguntó Lety.

Hunter asintió.

—¿No has pensando en pedirle ayuda al Dr. Villalobos? Apuesto a que él conoce a alguien en los refugios de animales de allí. Tal vez pueda hacer una llamada y ayudar a traer a Gunner a casa —dijo Lety.

A Hunter le brillaron los ojos.

—¿Por qué no pensé en eso antes? —dijo—. Te daría un abrazo, pero huelo a carne de cordero.

—¡Y eso qué importa, socio! —dijo Mario, riendo—. Ella también huele a cordero.

—Todos olemos a cordero —añadió Kennedy.

Hunter se quitó los guantes amarillos y se inclinó con los brazos extendidos para abrazar a Lety. Mario y Kennedy se les unieron y formaron una divertida pilita. Lety no recordaba haber sido tan feliz después de darle una segunda oportunidad a alguien.

CAPÍTULO 21

Leyéndoles a los amiguitos peludos

Después de una hora metiendo comida seca en las bolsas, Lety y Hunter fueron a ver al Dr. Villalobos. Lo encontraron en la clínica. A sus pies, Pinchos mordía un juguete chillón.

—¡Pinchos! —gritó Lety.

El perrito corrió hacia los chicos, y Lety se inclinó para acariciarlo y besarlo en el hocico.

—¡Mi perro favorito! —dijo; metió la mano en el bolsillo y sacó una golosina—. ¿Se la puedo dar? —le preguntó al Dr. Villalobos.

El doctor asintió.

—¿Ya Pinchos puede ser adoptado? —preguntó Hunter, lanzándole una mirada perspicaz a su amiga.

—Casi —respondió el Dr. Villalobos.

Lety sonrió, pensando en su familia y preguntándose si el Dr. Villalobos la habría perdonado como para dejarla adoptar a Pinchos.

—¿Cómo puedo ayudarlos, chicos? ¿Algún problema en el almacén?

—Hunter y yo terminamos otras cincuenta bolsas esta mañana —dijo Lety—. Kennedy y Mario aún están trabajando. Queríamos hablar un par de cosas con usted.

—¿Qué pasó?

Hunter se aclaró la garganta y contó la historia de Gunner. Hasta sacó su teléfono y mostró algunas fotos. Cuando terminó de contarlo todo, ya el Dr. Villalobos estaba hablando por teléfono con Daisy, pidiéndole que llamara a la Sociedad Humanitaria. Hunter le envió una foto de Gunner a Daisy por correo electrónico.

—Haremos lo que podamos para encontrar a Gunner —dijo el Dr. Villalobos—. Siento mucho lo sucedido.

—Gracias —dijo Hunter—. Ahora es el turno de Lety. Tiene una idea muy buena.

—Cuéntame.

—¿Se acuerda de mi amiga Brisa? No va a venir más al refugio.

—Sí, escuché decir que le pasó algo a su mamá, que está embarazada. ¿Es cierto?

—No, no es por eso —continuó Lety—. Bueno, su mamá está embarazada, pero la verdad es que Brisa, su mamá, mi hermanito y yo fuimos al mercado la semana pasada y nos sucedió algo muy malo allí. Brisa estaba con su mamá en la farmacia conversando en español con la farmacéutica, que también habla español, cuando un hombre que estaba detrás de ellas se molestó. Comenzó a gritarles que vivimos en América y que tenían que hablar en inglés.

—¿Qué? Eso es terrible —dijo el Dr. Villalobos, negando con la cabeza, indignado.

—Sí —continuó Lety—. Fue espantoso. Después de eso, Brisa dijo que tenía que concentrarse en aprender inglés, así que regresó a la escuela de verano, pero extraña mucho a los gatos. Y yo la extraño mucho a ella.

—Ojalá alguien me lo hubiera dicho —dijo el doctor—. Tal vez podría haber hablado con ella y haberla convencido de que se quedara en el campamento. Me hubiera gustado ayudarla.

—Todavía puede, Dr. Villalobos —dijo Lety, agradecida por su ofrecimiento. Entonces, respiró profundo y recordó el discurso que había practicado frente al espejo de su casa—.

Esa experiencia me dio la idea para un programa que me gustaría comenzar aquí, con su permiso. Podría ayudar a muchos niños, como yo, que están aprendiendo inglés y, al mismo tiempo, les proporcionaría compañía a las mascotas del refugio que están tanto tiempo solas en las jaulas.

Pinchos dejó caer el juguete chillón y ladró dos veces. Lety rio.

—A Pinchos ya le gusta tu idea —dijo el Dr. Villalobos.

—¿Podríamos dedicar una mañana o una tarde cada semana a un programa llamado "Leyéndoles a los amiguitos peludos"? Durante un par de horas al día, chicos como Brisa y mi hermanito podrían venir y leerles a los perros y a los gatos.

—Yo solía leerle a Gunner todo el tiempo —añadió Hunter—. Le encantaba.

—Me preparé para hacerle una demostración leyéndoles a los gatos esterilizados, si le parece bien —dijo Lety—. Traje un libro.

—No hace falta. —El Dr. Villalobos sonrió y se acarició la barbilla—. He escuchado hablar de un programa similar en un refugio de Chicago. Ha sido todo un éxito. Me gusta la idea. Hagámoslo.

—¿En serio? —preguntó la chica.

—¡Claro! ¿Qué hace falta?

A Lety le zumbaba la cabeza de la emoción, pensando en los próximos pasos.

—Necesitamos hablar con la Sra. Camacho, mi maestra. Tal vez ella pueda integrarlo a su programa de verano. Pienso que accederá porque es dueña de dos gatos a los que ha rescatado.

—Me encantaría conocerla —dijo el Dr. Villalobos—. Déjenme el correo electrónico de la Sra. Camacho y me comunicaré con ella. En serio, es una excelente idea.

Los chicos salieron de la clínica con la sensación de quien ha alcanzado la cima del mundo. Ni siquiera se dieron cuenta de que Pinchos los había seguido. Se unieron a Kennedy y Mario en el salón multiuso. Cada uno estuvo de acuerdo con donar libros al programa. Si Lety hubiera tenido cola, definitivamente la estaría meneando. Por suerte, Pinchos estaba cerca y meneaba la cola por los dos.

CAPÍTULO 22

Miles de oportunidades

El sábado por la tarde, las chicas se reunieron en la piscina del barrio de Kennedy. Lety estaba ansiosa por ver a Brisa. Habían hablado unas cuantas veces por teléfono, pero no había visto a su amiga en toda la semana, y la extrañaba. Además, tenía ganas de contarle sobre el proyecto "Leyéndoles a los amiguitos peludos".

—¿No es un nombre divertido? —dijo Kennedy,

untándose protector solar en sus hombros pecosos—. Realmente genial.

Brisa extendió una toalla sobre una silla y se quedó en silencio, contemplando la piscina azul. Esa no era la reacción que Lety había esperado. Pensó que a Brisa le gustaría la idea.

—¿Brisa? —dijo.

—¿Y el Dr. Villalobos estuvo de acuerdo? —preguntó Brisa.

—Le parece una idea fantástica —respondió Lety—. A Daisy también. Creen que, si funciona, podrían mantener el programa durante todo el año. Sería bueno para los animales y también para todo el que necesite practicar la lectura, no solo para los que estamos aprendiendo inglés.

—¿Y qué dijo la Sra. Camacho?

—¡Le encantó! —dijo Lety, comenzando a sentir que tenía que defender su idea ante Brisa—. Le enviamos un correo electrónico y ya está haciendo planes para llevarlos a ustedes el martes.

—¿El martes?

—¿Qué tienes, Brisa? —preguntó Lety—. ¿Por qué no estás saltando de alegría como siempre?

—Sí. Más saltos y menos preguntas —añadió Kennedy—. Deberías estar feliz. Vas a ver a los gatos otra vez.

Brisa se mordió el labio y se sentó frente a las chicas.

—Estoy preocupada. ¿Estará Hunter ahí con sus habilidades de lectura superiores? No quiero parecer una bebé leyendo libros para bebés frente a él.

—Puedes traer el libro que quieras —dijo Lety—. También tendremos libros para que escojas en el refugio.

—Además, las cosas han cambiado entre Hunter y Lety —dijo Kennedy, quitándose las gafas de sol—. Ahora son novios.

Lety se quedó boquiabierta y negó con la cabeza. Buscó algo que lanzarle a Kennedy, pero no encontró nada, así que metió la punta de los pies en la piscina y salpicó a la chica. Kennedy chilló y comenzó a reír.

—¡Ay, mi madre! —suspiró Brisa—. ¿Hunter?

—Somos amigos. Se disculpó por haber sido grosero y dijo que mis perfiles de animales eran mejores que los suyos.

—¿Admitió eso? —preguntó Kennedy.

—¡Vaya! Lo que me perdí —dijo Brisa.

—No tienes que perderte nada más, Brisa. El martes podrás regresar con nosotras y practicar inglés mientras ayudas a todos los amiguitos peludos.

Brisa sonrió.

—Tengo un *tinkaso* con esta nueva idea tuya.

—¿*Tinkaso*? ¿Existe esa palabra en español? —preguntó Kennedy.

—Es una palabra quechua que utilizamos en Bolivia cuando tenemos un buen presentimiento —respondió Brisa.

—Yo también tengo un *tinkaso* con tu programa —dijo Kennedy—. Y además, tengo un *tinkaso* de que a Ailis, la *poodle*, la adoptarán pronto. Te quedó muy bien su perfil.

—Gracias —dijo Lety.

—Léemelo, Kennedy —dijo Brisa—. Adoro a esa *poodle* dulce con su naricita de chuño.

Kennedy agarró su iPhone y leyó el perfil directamente del sitio web.

AILIS

Soy una *poodle* de diez años con nombre de princesa celta. Sé obedecer órdenes como "siéntate" y "quieta" y no protesto cuando es hora de irme a mi cómoda jaula. Mis pasatiempos favoritos son mordisquear juguetes chillones y lamer los dedos de los pies. Me llevo bien con otros perros, pero los humanos son mi compañía favorita. Espero que veas más allá de mi pelaje encanecido y notes mi espíritu juvenil. Si me das la oportunidad, seré tu mejor amiga. ¡Ven a visitarme hoy al refugio de animales Amiguitos Peludos!

—¡El mejor perfil de la historia! —dijo Brisa, entusiasmada.

—¿Y qué hay de Pinchos? —preguntó Kennedy.

Brisa y Kennedy miraron a Lety. Ambas sabían que su amiga quería a Pinchos desde el primer día en el refugio.

—¿No quisieras adoptarlo? —preguntó Kennedy—. Tu familia sería perfecta para él. Así se lo dije al Dr. Villalobos.

—¿Le dijiste? Y él, ¿qué te respondió?

—Sonrió de oreja a oreja y me dijo que estaría feliz de que Pinchos formara parte de tu familia. Creo que solo está esperando que se lo digas.

—¡Díselo! —chilló Brisa, tan alto que una pareja de pájaros que estaba cerca salió volando.

—Está bien, veremos.

Lety pensó en el perfil de Pinchos que había escrito Gaby, la antigua escritora del refugio. Al final del mismo pedía que alguien le diera una oportunidad, y ella estaba dispuesta a darle miles de oportunidades. Pensaba que era el perro más listo del mundo.

CAPÍTULO 23

Libros y compañeros

El martes, Hunter apareció con las manos cargadas de libros ilustrados con dinosaurios y tiburones, Mario trajo su colección completa de Harry Potter, y Kennedy, un libro de cuentos populares irlandeses.

—Esto va a ser exactamente igual que cuando le leía a Gunner —le dijo Hunter a Lety, mostrándole los libros que había traído—. Voy a comenzar leyéndole a Finn. Creo que le gustará esta historia de un tiburón que quiere tener amigos, pero los otros peces le tienen miedo.

—Eso suena bien —dijo Lety—. ¿Logra hacer amigos al final?

Hunter la miró a los ojos.

—Tiene un final feliz.

La manera en que se lo dijo la hizo pensar que quizás ellos también tendrían un final feliz. Dos semanas atrás, no hubiera imaginado que podrían ser amigos y, ahora, hablaban de libros y escribían juntos los perfiles de los animales. En ese momento, la puerta de entrada del refugio se abrió y apareció Brisa corriendo. Detrás venía la Sra. Camacho, seguida de un grupo de rostros familiares para Lety. La Sra. Camacho llevaba su pelo canoso recogido en un moño y vestía una camiseta y una larga falda de flores. La camiseta decía: "Soy bilingüe. ¿Cuál es tu superpoder?". Brisa se apresuró a abrazar a su amiga como si no se hubieran visto en cien años.

—¡No puedo creer que esté aquí! ¡Estoy tan contenta! —exclamó Brisa—. Voy a leerles a todos los gatos.

Eddie entró conversando con Gazi, Aziza y otro par de chicos más jóvenes que Lety no conocía. Traía las manos llenas de muestras de pintura. Recorrió el salón con la vista, hasta encontrar a su hermana. Sonrió y le entregó las muestras.

—¿Qué colores trajiste? —preguntó Lety, dándole un beso en la cabeza.

—Todos los colores: sonrisa girasol, dorado diente de león, merengue cremoso... —dijo Eddie mientras Lety hojeaba las muestras—. Voy a leerles los nombres de los colores a los gatos. ¿Crees que les gustarán?

—¡Claro! ¿A qué gato no le gustaría escuchar los colores de moda?

Eddie miró las muestras.

—Perfecto. Eso fue lo que pensé. También quiero leer algunos de tus perfiles. ¿Podemos leerlos Santiago y yo?

—Les imprimiré algunos.

El Dr. Villalobos entró sonriéndoles a los estudiantes de inglés y a los chicos del campamento. Estaban todos mezclados. Atravesó el salón para estrechar la mano de la Sra. Camacho. ¡Y los dejó sorprendidos cuando lo escucharon hablar en español! Brisa abrió los ojos de par en par.

—¿El Dr. Villalobos también habla español? —le preguntó a Lety.

—No lo sabía —dijo la chica, y rio tras escucharlo unos segundos.

—¿Qué dice? —preguntó Kennedy.

—Él y la Sra. Camacho están hablando de los perfiles de animales y de la idea de Lety —dijo Brisa, y entonces rio—. Su acento es raro, pero su español es muy bueno. ¿Verdad?

Lety asintió. El Dr. Villalobos vio a Lety y la saludó. La chica se les acercó con Eddie y con Brisa. La Sra. Camacho le puso un brazo alrededor de los hombros.

—Estoy tan orgullosa de ti —dijo—. Eres una de nuestras mejores alumnas. No me sorprende que estés escribiendo perfiles de animales y creando programas nuevos.

Lety levantó la mirada hasta los ojos café claro de la Sra. Camacho y le sonrió.

—Siempre se le ocurren buenas ideas —dijo Eddie.

—Eso es porque los niños que aprenden nuevos idiomas desarrollan por naturaleza la habilidad de solucionar problemas, Eduardo —dijo la Sra. Camacho—. Igual que tú.

—Lo sé —dijo Eddie, y su hermana le acarició la cabeza como si fuera un cachorrito.

—¡Sean todos bienvenidos! —dijo el Dr. Villalobos, parándose frente al grupo—. ¡Bienvenidos al refugio de animales Amiguitos Peludos!

Lety sintió un repentino escalofrío en los brazos que le puso la piel de gallina. ¡Su idea de reunir a sus amigos de la escuela con los animales del refugio se estaba haciendo realidad! Brisa debió de haber sentido su emoción, porque le dio un pellizco en la mano.

Muy pronto, los chicos del refugio y los estudiantes de inglés fueron divididos en cuatro grupos. Uno de los grupos, liderado por el Dr. Villalobos y otro adulto voluntario, fue a la Zona de Ladridos a leerles a los perros grandes como Finn y Lobo. Hunter se despidió de Lety y se marchó con ellos. Otro de los grupos, liderado por Alma, fue al salón de los perros pequeños. Finalmente, los últimos dos grupos siguieron a Daisy al salón de los felinos; todos iban con las manos cargadas de libros.

Los estudiantes colocaron retazos de alfombras frente a las jaulas, abrieron sus libros y poco a poco comenzaron a leer. Brisa le leyó a Kiwi, que era el último que quedaba de su camada. Kennedy le leyó cuentos populares irlandeses a un gato grande de ocho años que no parecía encontrar una familia permanente. Eddie le leyó los nombres en las muestras de pintura a un grupo de gatitos que trataban de alcanzarlo con sus patitas y maullaban impacientemente. Lety se sentía orgullosa cada vez que alguien la miraba. Pinchos la observaba con atención desde el otro lado de la puerta de vidrio. Lety se puso de pie y, mientras caminaba hacia él, pensaba cómo alguien podría decir que Pinchos era un perro intranquilo. No era intranquilo. ¡Era perfecto!

—Pinchos, ¿quieres que te lea un cuento? —le preguntó.

El perrito meneó la cola y paró las orejas, como si hubiera comprendido. La chica lo abrazó y hundió el rostro en su pelaje.

—Voy a leerte el cuento de una hermosa princesa y un guerrero en el México antiguo. ¿Quieres?

Pinchos ladró entusiasmado. Lety sabía que esto, en el idioma de los perros, significaba "Sí, por favor". Agarró un libro con ilustraciones de la caja de donaciones, se sentó en una silla de la recepción y comenzó a leer.

CAPÍTULO 24

¡Éxito rrrotundo!

—¡Vamos a salir en la televisión! —chilló Kennedy.

Lety respiró profundo mientras la furgoneta del noticiero se estacionaba afuera del refugio.

—No te preocupes —le dijo el Dr. Villalobos—. Quieren que les cuentes acerca del programa. Todo saldrá bien siempre y cuando hables con el corazón.

Al principio, Lety había intentado excusarse para no

ser entrevistada, pero el Dr. Villalobos no se lo permitió, diciendo que merecía el crédito. Pero estaba muy nerviosa por tener que hablar frente a las cámaras. Se estiró la camiseta aguamarina del campamento.

—Lo que pasa es que, cuando me pongo nerviosa, hablo con mucho acento —les dijo Lety a Kennedy y a Hunter.

—¿Y qué? —dijo Hunter—. Me gusta como hablas.

Brisa se acercó corriendo. Venía del salón de los gatos con un libro ilustrado en las manos.

—No van a creerlo. A Solo y a Sinclair les encantan los libros sobre peces, así que necesitamos más libros de tiburones, peces espada, manatíes y estrellas. ¡Sobre todas las maravillas del océano!

—Tal vez podamos recolectar libros en el Festival de la Comunidad de Colas y Bigotes —propuso Hunter.

—Buena idea —dijo Lety—. Podemos pedirle a la reportera que lo mencione.

La reportera de la estación local era una mujer bajita de pelo castaño y mejillas y labios rosados. Cuando entró al salón, los chicos se acercaron a ella a pedirle autógrafos hasta que el Dr. Villalobos les pidió que salieran. La reportera y el camarógrafo se acomodaron en el salón de los gatos para filmar una lectura en vivo del programa "Leyéndoles a los amiguitos peludos". En un momento, a Lorca le llamó la atención la cámara y la golpeó con la pata, lo que hizo reír a todos.

Después de grabar a los chicos leyéndoles a varios animales, la reportera entrevistó a Lety y a Hunter.

—¿Cómo se te ocurrió la idea de leerles a los animales? —le preguntó la reportera a Lety.

—Tengo una amiga que quería ser voluntaria en el refugio, pero también quería practicar su inglés en la escuela de verano. Entonces, pensé que este programa, "Leyéndoles a los amiguitos peludos", podría ser una buena manera de hacer ambas cosas: mejorar la lectura y a la vez ayudar a los animales.

—¿Y tú? —preguntó la reportera, dirigiendo el micrófono hacia Hunter—. ¿Qué les estás leyendo hoy a los perros?

—Un libro que se titula *La gallinita roja*. ¿Lo dije bien, Lety?

—Muy bien. —dijo la chica, y sonrió. Ese era un libro que conocía de niña, pero jamás imaginó que Hunter lo tuviera.

—¿Por qué en español? —preguntó la reportera.

—Mis amigos, como Lety, quieren practicar inglés, pero creo que es importante que todos aprendamos nuevos idiomas.

—¿Y a los perros les gusta el libro en español?

—Esa es la mejor parte. A los perros y a los gatos no les interesa en qué idioma les hables o les leas. Solo quieren escuchar tu voz y estar cerca de ti. Eso es lo único que les importa.

—¡Ahí lo tienen! Esta jovencita, Lety Muñoz, ha

comenzado algo realmente maravilloso aquí en el refugio de animales Amiguitos Peludos, ¡y chicos como Hunter Farmer están convirtiendo este programa en un éxito *rrrotundo*! No olviden el Festival de la Comunidad de Colas y Bigotes este fin de semana. Pasen a donar libros, a leerles a los amiguitos peludos y tal vez a adoptar a un nuevo miembro de su familia. Soy Amanda Velasco, reportando para el Noticiero del Canal Cinco.

Cuando terminó, la reportera volvió a acercarse a los chicos.

—Bien hecho —les dijo—. ¿Saben? Mi hija y yo adoptamos a un gatito en este refugio. Se llama Secreto. A partir de mañana, voy a empezar a leerle. Realmente me han inspirado.

La reportera fue a saludar al Dr. Villalobos y a Daisy, y Lety tomó el libro de Hunter.

—¿De dónde lo sacaste? —preguntó.

—Mi abuela me lo compró. Ella sabe que quiero aprender español.

—¿En serio?

—Claro. Así podré hablar con los otros chicos de la escuela. Al menos quiero intentarlo. ¿Crees que lo logre?

Lety abrió el libro. Ni siquiera en México había tenido libros en español. Los libros eran demasiado caros para su familia. Contempló las palabras en su lengua materna, que ahora le parecían tan lejanas, como su casa en Tlaquepaque.

Hunter la observó mientras leía.

—Nunca tuve un libro en español —dijo Lety—. Este es el primero que veo.

—¿Qué? ¡Imposible! ¿Quieres que te lo preste? —preguntó el chico—. O, si quieres, podemos leerlo juntos.

Lety le sonrió, tratando de no sonrojarse. Mientras más tiempo pasaba junto a Hunter, más le sorprendía su amabilidad.

—Está bien —respondió.

En ese momento, vieron al Dr. Villalobos.

—Qué bien lo hicieron en la entrevista. ¿Puedo hablar con ustedes dos en el salón de los gatos? —preguntó.

En el salón estaba Daisy, que sostenía a Lorca en los brazos.

—Encontramos a Gunner —anunció el Dr. Villalobos.

Sin embargo, lo dijo con un tono tan sombrío que a Lety se le cortó la respiración. El doctor no parecía tener buenas noticias.

—¿Está bien? —preguntó Hunter.

—Sí, está perfectamente bien —dijo Daisy, con el mismo tono sombrío del Dr. Villalobos—. Nuestro amigo en Wichita envió la fotografía que nos diste a todos los refugios de animales y en uno de ellos reconocieron a Gunner. Desafortunadamente, nos dijeron que una familia con dos niños la adoptó hace una semana.

—¿Qué? —dijo Hunter, y su rostro enrojeció tan

rápidamente que Lety quiso tomarle la mano, pero él se tapó la cara, incrédulo—. ¿Fue adoptada?

—Lo sentimos mucho —dijo Daisy.

—Mira, Hunter, ya hablé con el director del refugio. Le expliqué la situación y él está dispuesto a hablarles de ti a esa familia —dijo el Dr. Villalobos—. Ambos pensamos que, si saben lo sucedido, te devolverán a Gunner. Creo que merece la pena intentarlo.

Lety se sintió un poco mejor. Por supuesto que comprenderían si les explicaban cómo la perra fue separada de Hunter. El chico se mantuvo en silencio.

—Todo es culpa de mi papá —dijo, apartándose las manos de la cara—. Perdí a Gunner para siempre.

—Eso no es cierto —dijo el doctor—. Cuando tu abuela venga a buscarte, dile que entre. —Le puso una mano a Hunter en el hombro—. Escucha, no pierdas la esperanza. Si quieres, podemos trazar un plan. ¿Te parece?

Hunter se encogió de hombros.

—Está bien —dijo, y salió del salón rumbo a la recepción. Una vez allí, se sentó en un banco. Lety se sentó junto a él.

—Lo siento, Hunter —le dijo—. ¿Qué vas a hacer?

—No lo sé —dijo—. Por una parte, es mi perra. Debería recuperarla. Pero no quiero separar a otros chicos de su nueva mascota. No quiero ser igual que mi papá.

Lety se miró las manos sin saber qué decir. No conocía

al papá de Hunter, pero por lo que había escuchado no se parecía en nada a su hijo.

—Mereces recuperarla. Es tu perra.

—¿Y si ellos ya la quieren tanto como yo? Tal vez Gunner es feliz con ellos. Han pasado casi cuatro semanas desde que nos separamos. Eso es poco tiempo para los humanos, pero para un perro es una eternidad. —El chico miró por la ventana y vio a su abuela llegar en el auto—. Mi abuela está aquí. Debo decirle que entre. ¿Te veré mañana?

Lety asintió.

—No te des por vencido, Hunter.

—Gracias. Nos vemos mañana, Lety.

Hunter salió corriendo en dirección al auto de su abuela y le pidió que estacionara. La mamá de Lety llegó en ese momento a recogerla. La chica se sentó en el asiento trasero del auto junto a Eddie. Hunter les dijo adiós con la mano mientras se alejaban. Lety abrió su cuaderno y comenzó a escribir.

CAPÍTULO 25

El hombre de la gorra roja

La Zona de Ladridos zumbaba con el sonido de los chicos leyendo. Brisa y sus compañeros de clase habían regresado al refugio.

—Tengo una idea, Lety —dijo Brisa, cerrando un libro de dinosaurios—. Deberías añadir recomendaciones de libros a tus perfiles de animales. A Finn y a Lobo les gustan los libros sobre tiburones.

—Buena idea. He notado que a Solo le gusta que le lean el periódico... especialmente la sección de deportes. Ronronea y ronronea cuando le leo sobre fútbol —dijo Lety, sacando el perfil del gatito del bolsillo—. Vamos a añadirlo, a ver qué opina el Dr. Villalobos.

Brisa le alcanzó un bolígrafo y Lety escribió un par de líneas.

—¿Qué te parece? —dijo, y le leyó el perfil a su amiga.

SOLO

Soy una joven gata atigrada de color caramelo y tengo una "M" encima de mis ojos verde selva. Llegué al refugio en una caja de cartón junto a mis hermanitos. Aquí piensan que no me quedaré mucho tiempo porque soy una dulzura que disfruta acurrucarse en cualquier regazo y escuchar leer la sección de deportes del periódico. ¡Las noticias de fútbol me hacen ronronear! ¡Visítame en el refugio de animales Amiguitos Peludos y llévame contigo a casa!

De repente, Finn saltó de su cama y comenzó a ladrarle a un hombre con una gorra de béisbol roja. Brisa y Lety miraron al hombre y se dieron cuenta de que lo habían visto antes.

—¡No puede ser! —dijo Brisa. Se inclinó hacia Lety y le susurró al oído—. Es el hombre del mercado.

Al principio, Lety no estaba segura de que fuera él porque estaba de espaldas, pero en cuanto se volteó hacia una de las niñas pequeñas que estaban allí, reconoció sus ojos azules y los mechones de pelo castaño por debajo de la gorra. El hombre les pasó por el lado acompañado de dos niñas de la edad de Eddie, y no se fijó en ellas. Lety comenzó a temblar y le tomó la mano a Brisa buscando apoyo. Finn no paraba de ladrar.

—Cálmate, muchacho —le dijo Hunter—. ¿Alguien lleva puesta una gorra? Oh, ese hombre. —Miró a Lety; los ojos de la chica parecían echar fuego en dirección al hombre de la gorra—. ¿Qué pasa?

Lety no respondió, así que el chico caminó hasta el hombre y le tocó el brazo. Hunter le explicó que Finn odiaba las gorras y el hombre se rio, lo que enfureció más a Lety. Al final, se quitó la gorra y Finn se calmó. Lety sintió que la jalaban por la manga. Se volteó y vio que una de las niñitas que acompañaban al hombre se le había acercado y la miraba con unos ojos tan azules como el océano.

—¿Por qué les leen a los perros? —preguntó la niña,

apuntando a Gazi y a Aziza, que estaban sentados frente a las jaulas de Lobo y Finn con libros en las manos.

El hombre se volteó hacia Lety. No pareció reconocerla.

—Es que comenzamos un nuevo programa llamado "Leyéndoles a los amiguitos peludos" —explicó Lety.

—Me gusta ese nombre —dijo una de las niñas, acomodando los espejuelos de montura morada sobre su cara pecosa.

—Es para ayudar a los chicos que están aprendiendo inglés y para que los perros no se sientan tan solos en sus jaulas.

—¡Me gustaría leerles! —exclamó una de las niñas.

—¡A mí también! —gritó la otra.

—¿Quieren leerle a Finn? —preguntó Brisa, mirando fijamente al hombre.

De repente, el rostro del hombre se contrajo. Las había reconocido, de eso no cabía duda. Miró a Lety y a Brisa una y otra vez hasta que sus ojos se encontraron con los de Lety. En ese instante, todo lo que ella y Brisa habían querido decirle al hombre en el mercado brotó del corazón a su boca, pero las palabras se le atascaron en los labios cuando habló la niña de los espejuelos.

—Quiero leerles a los perros, papi. ¿Puedo?

—No, nos vamos.

El hombre agarró a las dos niñas de la mano y se apuró a salir del salón. Hunter miró incrédulo la repentina salida del hombre con sus hijas.

—¿Qué le pasó? ¿Lo llamaron para decirle que se estaba quemando su casa o qué?

Lety y Brisa no sabían que responder.

—Tiene hijas —dijo Brisa—. Dos dulces muñequitas.

—¿Cómo es posible que alguien como él tenga hijas tan lindas? —preguntó Lety.

—¿Qué ocurre? —preguntó Hunter—. ¿Conocen a ese hombre?

Ambas asintieron al unísono.

—Desafortunadamente —dijo Brisa.

—¿Recuerdas al hombre del que te conté? —dijo Lety—. ¿El que nos gritó que habláramos en inglés porque estábamos en América?

—No puede ser —dijo Hunter. Miró hacia la puerta por la que acababa de salir—. No puede irse. Tiene que disculparse ahora mismo.

El chico salió corriendo.

—¡Hunter! ¿Qué vas a hacer? —le gritó Lety, pero Hunter ya había desaparecido.

CAPÍTULO 26

Ser mejores

Hacía rato que el hombre de la gorra roja se había marchado. Lety estaba sentada en la recepción, entre Brisa y Hunter. El Dr. Villalobos caminaba de un lado a otro, preocupado por el silencio de Lety. Pinchos se sentó en el regazo de la chica y lamió sus brazos cruzados.

—¿Estás bien, Lety? —preguntó el Dr. Villalobos por

tercera vez esa mañana, luego de que Hunter le contara lo ocurrido en la Zona de Ladridos.

—¿No estás molesta porque no pudimos detenerlo? —le preguntó Hunter.

Lety negó con la cabeza y soltó una risita, imaginándose al chico pidiéndole al hombre que se disculpara.

—No puedo creer que lo hayas perseguido —dijo Brisa.

—Hasta el estacionamiento —dijo el Dr. Villalobos—. El hombre estaba en su auto y, de pronto, vi a Hunter allá afuera, haciéndole gestos para que se detuviera.

—Estás loco, Hunter —dijo Brisa, riendo.

—Les parecerá una locura, pero solo quería decirle algo. ¿Acaso eso hace que esté loco?

—Te hace ser un buen amigo —dijo Lety.

Si alguna vez hubo algún conflicto entre ellos, había desaparecido al cien por ciento, y eso la hacía sentirse feliz.

—Estoy muy orgulloso de ustedes, chicas —dijo el Dr. Villalobos—. Podían haber explotado al ver a ese hombre. Sé que estaban a punto de hacerlo; sin embargo, eligieron comportarse mejor que él.

—Cuando la gente se comporta de manera tan baja, nosotros preferimos ser mejores personas —dijo Brisa.

Lety miró a Pinchos y lo acarició gentilmente.

—Estás muy callada, Lety —dijo el Dr. Villalobos—. ¿En qué estás pensando?

Lety no estaba segura de qué debía decir, pero Brisa le dio un suave codazo.

—Pensaba que no quería ver nunca más a ese hombre, pero me alegra haberlo visto.

—¿Por qué? —preguntó Hunter.

—Después de que nos intimidara en el mercado, me alegro de que sepa que nada de eso nos detuvo. No corrimos a escondernos. No bajamos la mirada ante él. Sus palabras no nos impidieron hacer lo que nos gusta. Y ahora él lo sabe.

—A mí casi me hace renunciar —dijo Brisa—. Si no es por el programa de lectura, no hubiera regresado.

—Pero ahora estás aquí, de vuelta —dijo el Dr. Villalobos—. Eso es lo que importa.

Brisa abrazó a su amiga y dejó que Pinchos lamiera sus caras llenas de felicidad, hasta que una pareja de personas mayores entró a la recepción. El hombre llevaba un papel en la mano. Pinchos los saludó dando saltos.

—Quieto, quieto, Pinchos —dijo el Dr. Villalobos, riendo—. Bienvenidos. ¿En qué puedo ayudarlos?

—Quisiéramos adoptar a este precioso gato, Lorca —dijo el hombre, agachándose para acariciar a Pinchos mientras le entregaba el papel al Dr. Villalobos.—. Nos encantó su perfil. Hemos estado buscando un gato para que forme parte de nuestra familia.

—Lorca es un gato maravilloso —dijo Brisa.

El Dr. Villalobos acompañó a la pareja hasta el salón de los felinos. Mientras abría la puerta, le hizo un gesto de agradecimiento a Lety con el pulgar. El corazón de la chica se llenó de regocijo. Al fin Lorca iba a tener una familia.

—Lo lograste. Te dije que tus perfiles eran geniales. Tal vez podrías ayudarme con el de Lobo —dijo Hunter, y sacó del bolsillo un trozo de papel y un bolígrafo.

—No olvides añadir que le gustan los libros de tiburones —dijo Brisa.

Lety leyó el perfil. Estaba perfecto. Arregló algunas oraciones para incluir la recomendación de Brisa, pero nada más. Se lo devolvió a Hunter y este lo leyó.

LOBO

Era un día invernal cuando el Equipo de Rescate me trajo al refugio. Una de mis patas traseras estaba muy enferma y había que amputármela. Ahora soy un husky juguetón de siete meses con tres patas. ¡Sin embargo, eso no me detiene! Cuando no estoy jugando a atrapar cosas, disfruto de un buen cuento sobre tiburones, porque esos peces nunca se detienen, ¡como yo! ¿Quieres jugar? ¡Visítame hoy en el refugio de animales Amiguitos Peludos!

—Mucho mejor —dijo Hunter.

Un rato después, Lety y Hunter se despidieron de Lorca y se dirigieron al almacén para terminar de llenar las bolsas para el Festival de la Comunidad de Colas y Bigotes. Pinchos los siguió. De vez en cuando, los chicos le lanzaban una bolita de carne seca y el perrito saltaba para atraparla en el aire.

—Me gustó mucho lo que dijiste de enfrentarte a ese hombre y cómo te hizo sentir —dijo Hunter, dejando de echar comida en las bolsas. Contempló a Pinchos durante un rato.

Lety se preguntó si estaría pensando en enfrentarse a su padre por haber regalado a Gunner.

—Me gustaría sentir eso también. Lo sucedido con Gunner no se me va de la cabeza. Estoy muy molesto.

—No te culpo —dijo Lety.

—Incluso si recuperara a Gunner, eso no cambiaría las cosas con mi papá, ¿sabes? —dijo Hunter, y el tono de su voz era más grave que de costumbre.

—Te comprendo.

—Intentó hacerme daño regalando a Gunner, pero lo único que consiguió fue hacerse daño a sí mismo, porque ahora no confío en él. Mis hermanitos, tampoco. Mi mamá no quiere regresar con él. Dice que ya sufrió bastante.

—¿Y tu abuela?

—Piensa que necesitamos tiempo y que algún día tendremos que perdonarlo, pero yo no estoy tan seguro de eso.

—¿Y Gunner? ¿Vas a tratar de recuperarla?

Hunter negó con la cabeza.

—Hablé con el Dr. Villalobos —comenzó a explicar Hunter, retomando el tono de voz que tanto le gustaba a la chica—. Le dije que no puedo quitarle a Gunner a esa familia. No me parece justo.

Lety observó al chico, que sujetaba en la mano una cuchara llena de comida. Sus miradas se cruzaron.

—¿Estás seguro? Fue tu perra desde que tenías cinco años —le dijo. No podía creer que hubiera tomado una decisión tan difícil. No estaba segura de si ella podría haber hecho lo mismo.

Hunter le lanzó otra bolita de comida a Pinchos, que saltó para atraparla.

—Quisiera que hubiera más chicos como tú —dijo Lety, tras unos segundos de silencio—. Más chicos como tú significaría menos hombres como el que nos gritó en el mercado.

—Y como mi papá —añadió Hunter—. No voy a ser como ellos.

Ambos volvieron en silencio a su trabajo, decididos a completarlo, porque ya no les parecía un castigo.

CAPÍTULO 27

Colas y bigotes

Un cartel amarillo brillante que anunciaba el Festival de la Comunidad de Colas y Bigotes colgaba entre dos robles afuera del refugio. Mientras las familias llegaban en oleadas al lugar, Lety y los otros chicos se dispersaron para ayudar en los diferentes puestos. Hunter y Mario ayudaban en el puesto del almacén, junto al coordinador y a otros voluntarios, entregando las bolsas de comida que habían preparado durante las últimas semanas.

Kennedy estaba en el puesto de los héroes gatunos, mostrándoles a los visitantes cómo hacer sus propios juguetes para gatos. Lety y Brisa estaban con Alma, recibiendo donaciones de libros y mantas para el programa "Leyéndoles a los amiguitos peludos", y también inscribían a nuevos lectores. En solo una hora, diez lectores se inscribieron para ayudar los sábados por la mañana, y habían donado un montón de libros nuevos.

La Sra. Camacho llegó con su esposo, con la intención de adoptar un tercer gato para que se uniera a los dos que ya tenían. Los padres de Brisa llegaron con la familia de Lety. Eddie corrió hasta su hermana, seguido de sus padres. Era raro que el papá de Lety tuviera un sábado libre, así que la chica estaba ansiosa por mostrarle el refugio, especialmente porque quería que conociera a Pinchos.

—¡Héroes del verano! ¡Es hora de la foto de grupo! —anunció el Dr. Villalobos por el altavoz.

—Vayan —les dijo Alma a Lety y a Brisa—. Al Dr. Villalobos le encantan las fotos de grupo. Me quedaré a cargo del puesto.

Las chicas se apuraron por llegar al lugar de la foto, sobre la hierba entre los árboles. Hunter y Mario se les sumaron a Brisa, Lety y Kennedy.

Mientras los padres retrataban, la mamá de Kennedy

presentó a las madres de Lety y Brisa a los otros padres. A Lety la hizo sentir muy bien que sus madres finalmente tuvieran el valor de hablar con otros padres, y que estos también hablaran con ellas.

—¡Atención! ¿Pueden prestarme atención, chicos? —dijo el Dr. Villalobos, alzando la voz—. Antes de continuar con las actividades del día de hoy, me gustaría hacer un importante anuncio.

Todos hicieron silencio.

—Este ha sido uno de los mejores campamentos de verano que hemos tenido, y todo porque tuvimos algunos participantes realmente fenomenales —continuó diciendo el doctor—. En particular, una heroína del verano que ideó un nuevo programa que ayudará a muchos animales y chicos de nuestra ciudad.

Los campistas miraron a Lety.

—Está hablando de ti —le susurró Hunter.

La chica se sonrojó.

—Lety Muñoz, ¿puedes venir aquí conmigo?

Todos comenzaron a aplaudir mientras Lety avanzaba hacia el Dr. Villalobos. Los padres de Lety y Eddie se unieron a la chica. Hunter gritó "hurra" y Kennedy y Brisa silbaron.

—¿Qué pasa? —preguntó Eddie—. ¿Nos van a dar helado?

—No lo sé —dijo su hermana, un poco nerviosa por ser el centro de la atención.

—Estamos muy agradecidos por todo lo que has hecho en el refugio de animales Amiguitos Peludos, Lety —dijo el Dr. Villalobos—. Ya he hablado con tus padres sobre el increíble trabajo que has hecho y están de acuerdo en que mereces algo especial.

—¡Nos van a dar helado! —gritó Eddie.

El Dr. Villalobos miró hacia atrás. La chica también se volteó. Alma caminaba hacia ella, halando a Pinchos por una correa.

—¿Nos van a regalar un perro? —gritó Eddie, saltando de la emoción—. ¡Vaya! ¡Eso es mucho mejor que el helado!

Lety no lo podía creer. ¿Había Alma adoptado a Pinchos o se lo traía a ella? No estaba segura.

—Lety, no se me ocurre una mejor dueña para Pinchos que tú —dijo Alma—. ¡Es todo tuyo! —añadió, entregándole la correa y dándole un abrazo.

—¡Gracias! —dijo Lety, emocionada.

Sus padres también la abrazaron y la llenaron de besos en las mejillas.

—¿Está seguro, Dr. Villalobos? —preguntó Lety—. ¿Cree que cumplimos todos los requisitos?

—Absolutamente —respondió el doctor, sonriendo—. Me has probado más de una vez que no te das por vencida. Cuando no estabas segura de poder escribir perfiles de animales, escribiste con el corazón. Cuando tu amiga Brisa dejó el campamento, encontraste un modo de hacerla regresar.

Cuando Hunter te habló de su perra, fue idea tuya hablar conmigo para que la buscáramos. Nunca te das por vencida. Pinchos necesita exactamente a alguien como tú.

Lety se abalanzó sobre Pinchos y le besó el hocico.

—Nunca me daré por vencida contigo —le dijo. No podía creer que el perrito fuera suyo—. ¡Gracias, papá! ¡Gracias, mamita! —gritó.

Todos se acercaron para felicitarla. Hunter le dio un beso a Pinchos en la cabeza.

—Ya que no tengo perro, con gusto te puedo ayudar con Pinchos, ¿sabes? —le dijo Hunter a Lety, rascándole las orejas al perro—. Puedo sacarlo a pasear y leerle si quieres.

—Gracias —dijo Lety—. A Pinchos y a mí nos encantaría.

—¡Foto de grupo! —anunció otra vez el Dr. Villalobos.

Los campistas rodearon a Lety, que llevaba a Pinchos en los brazos. Mientras las cámaras tomaban fotos, una familia entró por el portón trasero del refugio. Un chico halaba a un gran perro blanco con una correa. Lety había visto antes a ese perro. Era casi idéntico a Sawyer, pero no era él. Entonces, se dio cuenta.

—¡Hunter! —gritó.

El chico ya había visto a la familia y corría como un bólido hacia la perra.

—¡Gunner! ¡Gunner!

CAPíTULO 28

Un final feliz

—Gunner, esta es mi amiga Lety —dijo Hunter, mientras la perra lo lamía, contenta—. ¡Dale la pata!

El gran pirineo blanco alzó la pata y la chica se la estrechó.

—Vaya, todavía recuerda todo lo que le enseñé —dijo Hunter, y miró a su familia, que se había acercado.

—Eres un buen entrenador, mi niño —dijo su abuela, secándose una lágrima con un pañuelo.

El hermanito de Hunter abrazaba a la perra en actitud protectora, como si temiese dejarla ir. Gunner meneaba la cola, alborotada, y les lamía las caras a los chicos.

—Es muy inteligente —dijo Lety—. Te extrañaba mucho.

Otros chicos se acercaron a ver lo que sucedía.

—¡Qué linda! —exclamó Brisa, pasándole la mano a Gunner por el lomo.

La perra se acostó boca arriba y todos se echaron a reír.

—¡Quiere que le acaricien la panza! —dijo Kennedy, y miró a Hunter—. Por favor, dime que te la vas a llevar.

—Nos quedaremos con Gunner para siempre. ¿Verdad, Hunter? —preguntó uno de los hermanos del chico.

—Eso creo —respondió Hunter, mirando al Dr. Villalobos, que conversaba con la familia que había traído a Gunner.

En ese momento, el chico que había traído a la perra sacó un papel doblado del bolsillo y se lo mostró al Dr. Villalobos, quien le hizo una seña a Lety, emocionado. Todos se acercaron a donde estaba Hunter con su familia y sus amigos.

—Por favor, que sean buenas noticias —dijo Brisa, y cruzó los dedos.

—Oigan, quiero presentarles a la familia Salazar. Vinieron desde Wichita para conocer a Hunter —explicó el Dr. Villalobos, con un tono de voz muy particular.

Lety sintió que el corazón le daba un vuelco. El Dr. Villalobos siempre usaba el mismo tono de voz cuando se emocionaba. Era el mismo que había empleado cuando habló sobre Pinchos el primer día, o cuando dijo que le gustaba la idea de "Leyéndoles a los amiguitos peludos".

—Hola, chicos. Mi nombre es James y mi familia y yo queremos que sepan por qué vinimos aquí hoy —dijo el chico, hablando en nombre de toda su familia—. Hace dos semanas adoptamos a Gunner en un refugio de animales. Lo nuestro fue lo que mi mamá llama "amor a primera vista". Pero, en cuanto llevamos a Gunner a casa, comenzó a llorar. Lloraba todas las noches. Intentamos calmarla dejándole la luz encendida, le dimos golosinas; mis padres hasta la dejaron dormir con ellos, aun cuando acaparaba casi toda la cama.

Todos rieron.

—Nada de eso podía hacer que dejara de llorar por las noches. Nos preguntamos si era porque extrañaba algo, como su juguete favorito o algún animal de peluche. Pronto descubrimos que Gunner no estaba extrañando algo, sino a alguien. Te estaba extrañando a ti, Hunter. A ti y a tu familia.

Hunter lloriqueó un poquito y Lety le dio unas palmaditas en la espalda.

—Recibimos una llamada telefónica del director del refugio, contándonos tu historia. Y luego nos llegó el perfil de Gunner.

—¿El perfil? —preguntó Hunter, confundido.

GUNNER

Cuando era una cachorrita de cuatro meses, me convertí en el regalo de cumpleaños de un chico llamado Hunter. El chico dijo que yo parecía un bebé de oso polar. Dormí en su cama cada noche de su vida hasta que, hace unas semanas, él se fue de repente y yo me quedé sola. Antes de que nos separáramos, Hunter solía leerme por las noches. Yo escogía un libro del estante y se lo llevaba en la boca. Entonces, Hunter me lo leía con una voz suave que me calentaba como mi manta favorita. Por las noches, en mis sueños perrunos aparecíamos Hunter y yo cazando dragones, construyendo lanzacohetes y jugando a atrapar cosas hasta que el ocaso fucsia nos mandaba de vuelta a nuestras camas. Extraño a mi amigo y sé que él me extraña a mí.

James desplegó el papel y lo leyó en voz alta.

Lety esbozó una sonrisa al reconocer el texto. Hunter la miró con los ojos húmedos.

—¿Lo escribiste tú? —preguntó.

La chica se encogió de hombros, como diciendo: "Es lo menos que podía hacer".

—¡Oh, Lety! —gritó Kennedy—. Ese es el mejor perfil que has escrito en tu vida.

La chica había escrito el perfil de Gunner después de que Hunter le dijera que no iba a hacer nada más por recuperarla. En el fondo de su corazón, sabía que debía hacer algo. Por eso lo escribió y se lo dio al Dr. Villalobos, que enseguida se lo envió a la familia Salazar.

—Gracias, Lety —dijo Hunter, con los ojos llenos de lágrimas—. Es cierto. Nunca te das por vencida.

James quitó la vista del papel y contempló a Gunner y a los hermanitos de Hunter.

—En cuanto leímos el perfil, supimos lo que teníamos que hacer. Ahora que veo a Gunner con ustedes, sé que tomamos la decisión correcta.

—Muchas gracias —dijo Hunter, lleno de alegría. Se puso de pie y abrazó a James y a toda la familia Salazar—. No se imaginan lo que esto significa para nosotros.

—Gracias, de corazón —dijo la abuela de Hunter, apresurándose a abrazar también a la familia.

Cuando todos terminaron de abrazarse, el Dr. Villalobos condujo a la familia Salazar al otro lado del jardín para que conocieran a los otros perros del refugio. La familia de Lety se acercó a ella, llevando a Pinchos de la correa azul.

Lety aún no podía creer cuántas cosas maravillosas habían sucedido en este día. Hunter también se acercó.

—¿Me presentas a tus padres? —preguntó.

—Está bien, pero ellos no hablan mucho inglés.

Lety señaló a Hunter, lista para presentarlo, ¡pero Hunter se lanzó a hablar en español!

—Señora y señor Muñoz, mi nombre es Hunter. Soy amigo de Lety —dijo, presentándose a sí mismo en un español muy elemental.

Lety sonrió.

—Quiero darles las gracias porque ella es muy simpática. ¿Se dice así, Lety?

—Sí, soy muy simpática —dijo Lety, y ella y Brisa se echaron a reír.

Normalmente, eran ellas las que preguntaban si habían dicho algo bien o mal en inglés. Era divertido ver ahora a Hunter intentando hablar español.

—¡Se está poniendo colorado! —dijo Eddie, riendo y señalando a Hunter.

Brisa le tapó la boca con las manos, lo que hizo a Eddie reír aún más.

—Sin ella —continuó Hunter en español—, nunca... ¡Lo siento! —añadió, y comenzó a hablar en inglés—. Quiero decir que, sin ella, nunca hubiera podido recuperar a mi perra; y disculpen que no pueda decir esto en español, pero no sabía que la volvería a ver y por eso no lo practiqué.

—Yo puedo traducir —dijo Eddie, dando un paso al frente.

Cuando Eddie terminó de traducir, sus padres sonrieron, orgullosos.

—De nada —dijeron al unísono.

—¡Ahora los dos tenemos perro! —dijo Lety.

—Tal vez quieras que vayamos juntos al parque —dijo Hunter—. ¿Qué crees? Pienso que Pinchos y Gunner podrían llevarse bien.

Pero, antes de que Lety pudiera responder, el chico señaló al otro lado del jardín. Los chicos de la familia Salazar acariciaban a Lobo, el cachorro husky de tres patas.

—Mira —dijo—. Creo que Lobo se muda para Wichita.

Lety se preguntó si los corazones podían explotar de tanta alegría cuando vio al cachorro comenzar a hacer trucos. Rodó sobre su panza, atrapó un palo con la boca y lo dejó caer a los pies de James. Luego se sentó sobre su única pata trasera y alzó la cabeza. Lety sabía que esa pose adorable quería decir: "¿Me llevarás a casa contigo?".

Esperaba de todo corazón que la amable familia Salazar respondiera que sí.

CAPÍTULO 29

Todos están invitados

Al día siguiente, las chicas estaban en la piscina del barrio de Kennedy, acompañadas de Eddie y de Pinchos. Hunter y Mario también estaban allí, cada uno flotando sobre una balsa inflable, mientras Gunner se refugiaba bajo una enorme sombrilla.

—¿Vendrán a mi fiesta de cumpleaños? —les gritó Mario a Lety y a Brisa.

Las chicas se relajaban sobre unas sillas plegables. Habían recibido la invitación de la fiesta el día anterior.

—¿Invitaste a Gazi, Aziza y Myra? —preguntó Brisa.

—No iré si no están invitados —dijo Lety.

—Invité a todos —respondió Mario—. ¡Ufff! Si hasta invité a Kennedy, que me odia.

Lety y Brisa rieron y miraron a Kennedy, que tomaba el sol acostada en otra silla.

—No estoy aquí para odiar —dijo Kennedy, quitándose las gafas de sol—, sino para celebrar.

—¡Alerta! ¡Alerta! Creo que Pinchos quiere saltar a la piscina —gritó Hunter.

Lety miró a su alrededor y vio a Pinchos caminando por el borde de la piscina, como si quisiera lanzarse al agua.

—¡No te atrevas, Pinchos! —gritó Kennedy—. Lety, por favor, contrólalo.

—¡Vamos, chico! ¡Salta! —dijo Eddie, desde el agua—. Quiere nadar. ¡Déjenlo nadar!

—¡No se permiten perros en la piscina! ¡No se permiten perros en la piscina! —gritó Kennedy, en el momento justo en que Pinchos saltaba al agua—. ¡Ay, mi madre! Nos van a echar de aquí.

Kennedy se incorporó y vio, llena de pánico, cómo Pinchos nadaba por la piscina en dirección a Eddie. Lety saltó al agua para sacar al perrito pero, antes de que lo alcanzara, se escuchó otro chapoteo en el agua.

—¡Gunner, no! —gritó Kennedy.

Gunner también se había lanzado a la piscina, salpicando agua en todas direcciones.

—¡Fiesta para perros en la piscina! —gritó Mario.

—¡Lo siento mucho, Kennedy! —exclamó Hunter, disculpándose.

—Estoy segura de que la Comunidad de Vecinos llamará hoy a mi mamá —dijo Kennedy—. Nos prohibirán venir a la piscina por el resto del verano. Estoy segura.

—Lo siento, Kennedy —dijo Lety.

—¡Los tengo! —gritó Hunter, agitando los brazos junto a Pinchos y Gunner.

—¡Lo siento, Kennedy! —gritó Eddie.

—Oye, si no podemos contra ellos, unámonos, ¿no es así? —dijo Lety.

Haló a Kennedy y a Brisa por las manos y las llevó hasta el borde de la piscina.

—Esa es una expresión tonta —dijo Kennedy.

—Contaré hasta tres —dijo Lety—. ¿Listas?

—¡Uno! —gritó Brisa.

—¡Dos! —gritó Lety.

—¡Tres! —chilló Kennedy.

Las chicas saltaron a la piscina, salpicando más agua que Gunner.

Cuando Lety subió a la superficie, la perra tenía una pelota en la boca y todos nadaban tras ella. Buscó a Pinchos con la mirada, pero el perrito había salido de la piscina y se sacudía el agua, esperándola. Lety nadó a su encuentro.

—¿Me estabas buscando? —le preguntó.

Pinchos gimió, emocionado.

—Te quiero y nunca me daré por vencida contigo, Pinchos —dijo Lety, zambulléndose otra vez en el agua transparente.

Desde el fondo de la piscina podía escuchar los ladridos de su perro. Sabía que esa era su forma de decirle: "Yo tampoco me daré por vencido contigo".

AGRADECIMIENTOS

Con amor y gratitud para las siguientes personas:

Mi maravillosa editora, Anna Bloom, por creer una vez más en mí y en las historias que quiero contar.

El fantástico equipo de Scholastic: Monica Palenzuela, Lizette Serrano, Emily Heddleson y Robin Hoffman; y un agradecimiento especial para Nina Goffi por crear para los libros cubiertas hermosas que capturan el espíritu de mis historias.

Mi gratitud eterna para mi agente de Full Circle Literary, Adriana Dominguez, por su constante guía a través de este mundo editorial enorme y terrorífico y por su trabajo incansable abogando por la literatura infantil que refleje la diversidad y por autores latinos como yo, ¡mil gracias, Adriana!

Para los cinco de la estación de bomberos: Jane True, Victoria Dixon, Lisa Cindrich y Shannon A. Thompson, por compartir conmigo sus maravillosos manuscritos, y también por brindarme apoyo y retroalimentación durante las primeras revisiones de esta novela. Un gran abrazo para mi joven editora Anna Walker, quien me animó y alentó de manera generosa.

Para las personas que me ofrecieron de buena gana su tiempo y sus recuerdos para ayudarme a captar la experiencia de un estudiante de inglés: Luisa Fernandez, a quien conocí en Kansas City, compartió conmigo sus anécdotas de cuando era una joven estudiante de la República Dominicana aprendiendo inglés en Missouri; y Andrea Pardo Spalding, antigua estudiante de inglés como segunda lengua en Kansas, y quien ahora es arquitecta. Ambas compartieron conmigo muchas anécdotas vívidas y emotivas que usé para esta novela. Para las educadoras: Felicia Orozco, profesora de ESL, y Carlota Holder, coordinadora de estudiantes de inglés, que me ayudaron a comprender las experiencias de los estudiantes de ESL en las aulas. Para Alejandra Subieta Jordan, por atender al teléfono cada vez que la llamaba y por brindarme una voz para mi querida Brisa Quispe. ¡Muchas gracias, compañeras!

Mientras escribía este libro, hubo una persona que no pareció cansarse nunca de leer mis borradores: mi mamá, antigua profesora de quinto grado. Venía a mi casa y se sentaba en la terraza con una taza de cafecito en la mano y mis páginas recién escritas en el regazo. Muchas veces, con un gesto típico de profesores, detenía la lectura, dejaba el manuscrito y me miraba para decir: "He conocido a muchos Hunter Farmers durante mi carrera. Ese chico solo necesita a alguien que crea en él".

Por suerte, tenemos un mundo lleno de Hunters, Letys y Brisas que nos hacen conservar la esperanza en el futuro. Con esto quisiera exhortar a todos a querer y animar a los niños que están aprendiendo inglés y español o cualquier idioma nuevo. No dejen que nadie los silencie. Nunca dejen de soñar en grande. ¡Nunca se den por vencidos!

Finalmente, le agradezco a mi esposo, Carlos Antequera, por su cariño, apoyo y paciencia durante el tiempo que estuve escribiendo esta novela.

SOBRE LA AUTORA

Angela Cervantes es la autora de las novelas para niños *Frida, el misterio del anillo del pavo real y yo, Gaby, perdida y encontrada* y *Allie, ganadora por fin*. Angela es hija de una profesora de secundaria retirada que le inculcó el amor por la lectura y la narración. Angela escribe en su casa, en Kansas City, Kansas. Cuando no está escribiendo, disfruta leer, correr, mirar las nubes y comer tacos cada vez que puede. Aprende más sobre Angela Cervantes en angelacervantes.com.